食わず女房（ひたちなか市【旧勝田市】）

監視カメラ 作動中
警報装置
monitoring camera
alarm system in operation

人面犬（つくば市）

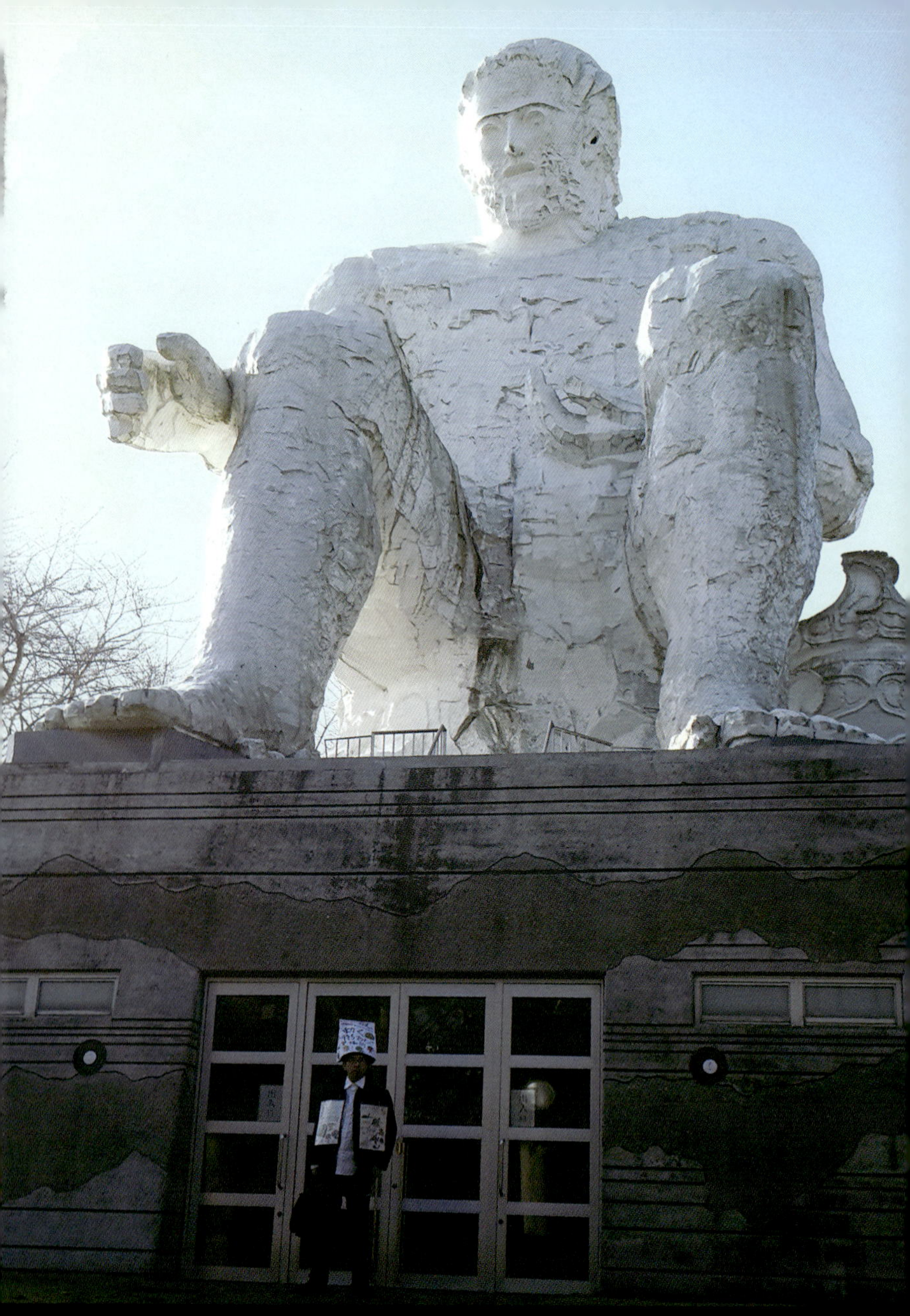

ダイダラボウ（水戸市）

茨城の妖怪図鑑

中沢健 著
山口敏太郎 監修

TOブックス

前書き

一九八一年、茨城県協和町（現・筑西市）に、私は生まれた。

物心付いた頃には『ゲゲゲの鬼太郎』のアニメが放送され、大ヒットしていた。私も『鬼太郎』に夢中になった子供の一人で、ひょっとしたら、近所の山や川にも妖怪がいるのではと想像すると怖かった。だが、それ以上にわくわくする気持ちも強かった。

水木しげる先生の妖怪図鑑を親に買ってもらうと、それを毎日のように読むようになり、日本中に妖怪の伝承が残されていることを知る。なかでも茨城県にいる妖怪として紹介されていた「わいら」と「日和坊」のページには大興奮して、さっそく、近所の山にまで探しに出かけた。

残念ながら、わいらや日和坊に会うことは出来なかったが、もっといろんな妖怪が、この茨城県にいたら良いのにと強く願ったものだ。

本書はそんな妖怪大好き少年だった私のような人間のために書いた。まるまる一冊、茨城県に現れた妖怪たちだけで妖怪図鑑を作ってみようという試みである。可能な限り、妖怪が出現した町の名前なども紹介しているので、茨城県在住の妖怪好きな方はもちろん、茨城以外の方もこの本を片手に妖怪探しに出かけてほしい。

子供の頃から、妖怪図鑑を愛読してきた人間としては、自分の手で妖怪図鑑を作るというのも、実に幸福な作業であった。

しかし、妖怪図鑑を作るうえで、まず考えなければならないのは、「妖怪」の定義についてであろう。

日本人なら誰でも知っている言葉でありながら、妖怪の定義については、人それぞれ意見が分かれている。妖怪と聞くと、河童やろくろ首といった奇妙なキャラクターをまずは思い浮かべる人が大多数だと思われるが、そもそも妖怪というのは、異常な事物や怪奇現象を表す言葉として生まれたものだ。河童やろくろ首のように人格を持った不思議な存在だけが妖怪ではないのだ。

また神様や霊、精霊といった存在たちも、妖怪としてカウントして良いものであるのか意見が分かれるところである。

例えば、妖怪物のアニメや漫画には、ヤマタノオロチなどが定番のキャラクターとしてよく登場しているが、ヤマタノオロチは妖怪か否かといったことで、妖怪マニアは今でも議論を続けている。

結局のところ、妖怪の定義は人によって違うし、自分が妖怪図鑑を作るにあたっては、自分なりの定義を決めることにした。

その結果、私が出した答えは単純で「『ゲゲゲの鬼太郎』に妖怪として登場しても違和感ない存在」というものであった。

結局、私にとって（そして今を生きる多くの日本人にとって）妖怪のイメージは、水木しげる先生の作品によって作られたものであることは間違いない。ほとんどの人が、妖怪と聞くと、河童やろくろ首といった奇妙なキャラクターをまずは思い浮かべるのも、水木しげる作品の影響だろう。

大好きな『ゲゲゲの鬼太郎』や水木先生の作品に登場してもおかしくない存在を、茨城県から探し出す……古い民話や伝説だけでなく、近年になって目撃が報告された現代妖怪についても徹底的に調べてみた。諸説はあるが、現代妖怪の代表格的存在の一つでもある「人面犬」は、茨城が発祥の都市伝説という情報もあり、二十一世紀となった今でも、茨城県は新種の妖怪も続々と生まれやすい環境であるようだ。

当初は茨城県の妖怪だけで、妖怪図鑑を作るなんて無謀なのではと思ったが、調査を続けていけばいくほど、茨城には妖怪の話が数多く存在することが分かった。紙幅の関係で泣く泣くカットした妖怪まで出てくる結果となった。

私にとって、妖怪は怖いけど愛嬌もあり、近くにいてほしいと願ってしまう存在だ。これだけ多くの妖怪が暮らしていることが分かり、茨城県のことも今まで以上に愛おしく感じるようになった。

読者の皆さんも、この本によって、妖怪と茨城県のことをもっともっと大好きになってもらえたら、筆者としてはこれ以上の喜びはない。

目次

馬面蛇 ———— 高萩市

江戸時代。高萩市である男が飼っていた雌馬が、胴から下が蛇のような体の奇妙な子馬を生むという事件が起きたという。子馬は蛇のように木の幹や枝に絡まって過ごしていた。

不気味に思った村人たちは、子馬を近所の川に沈めて殺してしまおうとした。だが、子馬が川に捨てられた数日後、大嵐が来て、川は大洪水を起こして村人は絶滅してしまった。蛇の体を持つ馬を川に捨てた祟りだったのだろうか？

とても奇妙な姿の怪物の話であるが、興味深いのは、馬のような頭を持つ爬虫類の目撃談は現代においても世界中であるということだ。

カナダの海で目撃されているＵＭＡ（未確認生物）キャディや、ノルウェーのセヨール湖で目撃されているセルマを目撃した人たちは、「体は爬虫類なのに頭部は馬のようだった」と証言しているのである。更に、あのネッシーも頭が馬のようだったという目撃談がいくつかあるのだ。

これらのＵＭＡの目撃談と合わせて考えると、高萩市に伝わる馬面蛇もただの伝説ではなかった可能性はある。

ネッシーやキャディの仲間が、茨城県でも生きていた⁉

出典元（「茨城県の民話」借成社）

八竜神 ―――――――― 筑西市（旧下館市）

江戸時代の頃、八つの頭を持つ巨大な竜が、下館市にいた。まるでヤマタノオロチのような姿の怪物である。だが、人々を襲う凶暴な怪物であったヤマタノオロチと違い、八つの頭を持つ竜――八竜神は人間思いの優しい性格をしていた。日照りが続き、村人が困っているのを知った八竜神は、住んでいた沼から飛び出して、水を探しに出かけた。

やがて下妻市にある大きな沼を見つけた八竜神は、八つの口から水を大量に飲み込み、下館の人々の元へと帰ろうとした。

だが、水を奪われた沼の守り神は怒り、弓矢を持って追いかけてきた。八竜神はお腹いっぱいに水を飲みこんでいるため素早く飛ぶことが出来ず、あっという間に追いつかれてしまう。

沼の神の放った矢で傷つきながらも八竜神は下館までたどり着くと、腹にためた水を村中に降らせた。

人々を水飢饉から救った八竜神は、下館の大地に血まみれになって落ちてきた。命の恩人である八竜神を村人たちも必死で看病し続けたが、やがて死んでしまったという。

見た目はヤマタノオロチそっくりだが、自らの命を犠牲に人々を救ったのが、八竜神なのである。妖怪や神様は見た目だけじゃ判断できないということだろう。

出典元（「茨城県の民話」偕成社）

夜刀神《ヤトノカミ》——行方市（旧玉造町）

世界中に数多く存在する蛇神の中でも最大クラスに凶暴で禍々しいのが、この夜刀神だ。

その姿は角の生えた大蛇であるが、夜刀神を見ると、目にした当人だけでなく、その一族も滅び、子孫まで根絶やしにされてしまう。また無数の蛇を配下として従えてもいる。

このスケールの大きな凶悪さが決め手となったのか、国民的妖怪アニメ『ゲゲゲの鬼太郎』の劇場版では、鬼太郎と日本中の妖怪が全て力を合わせて倒すラスボス的存在として登場したこともある。

これだけ巨大な怪異が、茨城県にはいたのである。しかも驚くべきことに、この夜刀神を茨城の人々は最終的には見事退治しているのである。その後は祟らないように神社が作られ祀られた。行方市玉造甲の愛宕神社がそれである。妖怪も人間も、茨城は日本最強クラスであったのだと思わされる伝説だ。

なお、「夜刀神」という名を持ってはいるが、夜と刀に関わる神様ではないらしい。当て字として夜刀と表記されているようだ。ヤトノカミの「ヤト」は谷を意味しており、谷に住んでいるからヤトノカミといった名前になったと考えられている。

出典元（『常陸国風土記』）

わいら

そもそも妖怪というものは正体不明の存在であるが、そんな妖怪たちの中でも飛び抜けて正体不明なのが、わいらだ。多くの絵巻物などに、その姿が書かれているのだが、いずれも名前以外の特徴については何一つ解説されていないのだ。更に、わいらを描いた絵は全て上半身しか描かれておらず、昭和以降に発売された妖怪図鑑などで描かれている全身像は、あくまでも後の人々が想像で描いたものである。

野田元斎という医者が茨城県の山中で、わいらがもぐらを食べているのを目撃したという話も伝わっているが、この話は七十年代に小説家が創作したエピソードではないかとも言われている。

結局、わいらについては現代においても何一つ分かっていないとしか言いようがないのだが、ひょっとすると大昔の茨城県には、わいらのような姿をした巨大生物が実在していたのかもしれない。

出典元（「水木しげるの妖怪事典」東京堂出版）

化け鐘――――石岡市

かつて石岡市には、国分寺という立派な寺が建っていた。この寺には「雄鐘《おすがね》」「雌鐘《めすがね》」という二つの鐘があって、とてもいい音を響かせていたらしい。あまりにいい音を出す鐘であったため、盗賊の一味に目を付けられ、雌鐘のほうを奪うと霞ヶ浦から舟で運び出した。

だが、舟の上で、雌鐘は勝手に音を出し続ける。鐘の音はどんどん大きくなって、舟はぐらぐらと揺れてしまう。

怖くなった盗賊たちは、勝手に音を出すお化け鐘を霞ヶ浦に沈めてしまったという。

雄鐘と雌鐘は相思相愛だったようで、雄鐘を恋しく思い続け、雌鐘は今でも湖の底から音を出し続けている……。

人間の耳では分からないが、その音は愛する雄鐘の名を呼び続けているに違いない。

捨てられた雌鐘は、雄鐘に再び会うために岸まで戻ろうとしているが、波に引き戻されてしまい、水中から抜け出すことは出来ないままのようだ。何とも、切ない話である。

ちなみに、この話を題材にした絵が石岡駅のホームの壁に描かれており、石岡ではこの鐘をモチーフにした「釣鐘最中」というお菓子も売られている。筆者も食べたことがあるが、白あんと赤あんの二種類があり、どちらも程よい甘みで美味しかった。

出典元（「茨城県の民話」偕成社）

ウバメトリ

衣服を夜干しっ放しにしていると、ウバメドリという鳥の姿をした妖怪がやって来ることがあるという。干してある服を、自分の子供の服だと思って、自分の乳をかける。勘違いとはいえ、子を思う愛情ゆえの行動である。だが、ほのぼのとした気持ちでいられないのは、この乳は人間にとっては毒であるのだ。

茨城に住む人は夜に衣服を外に干さないように気を付けよう。

出典元（「世界の妖怪大百科 学研ミステリー百科」学研）

かぶきり小僧

茨城県の寂しい山道に現れる子供の姿をした妖怪。おかっぱ頭で、袖の短い着物を着ている。とにかく正体不明の妖怪で、することといえば、道行く人に「水飲め、水飲め」と声をかけてくるだけだ。何が目的なのかは分からないが、人に害を与えてくるわけではないので、怖い妖怪ではない。

貉《むじな》が化けた姿であるとも言われている。

出典元（「全国妖怪事典」小学館）

化けこんにゃく ―――― 高萩市

高萩市では、玉状のこんにゃくが化けて、光を放つ球体となって空を飛ぶという話が伝わっている。暗闇で光り輝くこんにゃくは火の玉のように見えたことだろう。現代人だったら、UFOと思うかもしれない。

動物や道具が変化する話はバリエーションも豊富だが、こんにゃくから、空飛ぶ怪異という発想はなかなか出てこない。どうして、このような伝承が生まれたのか、とても不思議だ。

出典元（「民間伝承38号」民間伝承の会）

うなぎ小僧――城里町

城里町には清音寺という大きなお寺があり、数十人の小僧が暮らしていました。そのうちの一人が毎日、ご本尊の観音様に赤飯をお供えするようになりました。

不思議なのは、その小僧が赤飯をどこで調達しているのか分からないということでした。真面目な性格の小僧なのですが、赤飯のことは聞いても教えてくれないのです。

ある日、清音寺の近くの川で釣りをしていた男は、三メートルほどもある大きな鰻を釣り上げました。

巨大鰻を料理しようと腹をさばくと、腹の中には赤飯が大量に詰まっていました。

大鰻が釣られたその日から、清音寺では毎日赤飯をお供えしていた小僧の姿が見えなくなりました。

あの小僧の正体は、大鰻が化けた姿だったのでしょうか？

出典元（「いばらきのむかし話」茨城県教科書販売株式会社）

八つ目うなぎの変化――行方市（旧玉造町）

かつて玉造町にあった椎井の池には、巨大な主が住んでいました。主の正体は、八つ目うなぎでした。

ある日、巨大な八つ目うなぎは、池の近くで遊んでいた地元のお姫さまを食べてしまいます。

それを聞いた弓の名人が、八つ目うなぎを退治するためにやって来ます。八つ目うなぎは池の近くの洞窟で、大いびきをかいて寝ているところを矢で射られ倒されてしまいました。

恐ろしい怪物も寝る時は無防備だったようです。

出典元（「茨城の史跡と伝説」茨城新聞社）

コラム1　『茨城の妖怪図鑑』の作り方

茨城県に特化した妖怪図鑑は一体どのようにして作られたのか？　将来あなたも妖怪図鑑を作ることになった時のために（？）本書がどのようにして出来あがったのか簡単に紹介しよう。

私はそもそも妖怪が大好きだったので、妖怪について書かれた書籍は大量に所有していた。まずはそれらの本から、茨城に伝わる妖怪をリストアップした。

しかし、既存の妖怪本だけを参考にしていても、図鑑一冊分の妖怪は集まらない。また、自分で妖怪図鑑を作るからには既存の資料に書かれている以上の追加情報も入れなくてはならないだろう。

そこで、現地に足を運んでの取材が必要となる。

伝説の伝わっている場所の取材はもちろん、茨城県の市町村にある図書館や役場に行くのも重要だ。地元の図書館には、その土地の歴史や伝説を綴った資料なども置かれている。役場の観光課では、伝説や民話について詳しい話を聞かせてもらえる場合もあるのだ。

妖怪図鑑を作るためには、自宅に引きこもっていてはいけないのである（情報が集まった後は引きこもって執筆に集中することにはなるが……）。

更に本書では、筆者の拘りで「現代妖怪」も大量に紹介することになったので、その取材も必要となる。現代妖怪に関しては、まだ書籍にまとめられていない新顔も続々と登場しており、SNSなどでも情報を呼び掛けたし、妖怪好きが集まるイベントに足を運んでは「茨城で語られている不思議な話を知りませんか？」と声をかけまくった。

そして、忘れてはならないのは頼もしい仲間たちの存在だ。この本は私一人の力では決して完成させることが出来なかった。

稲川淳二らが審査員を務める『怪談グランプリ２０１７』でチャンピオンに選ばれた都市伝説研究家の早瀬康広、河童伝説なども多く伝わる牛久市出身の映画監督飯塚貴士には茨城の妖怪についての情報を多く提供してもらった他、現地取材にも同行してもらった。

私一人では気付かなかった発見なども彼らのおかげで多くもたらされた。

また、本書でも紹介している現代妖怪「台風人間」の研究家としても活動している95式石井は、茨城県笠間市の出身であり、茨城の妖怪にまつわる資料をいくつも教えてくれた。彼の協力のおかげで初めて知った資料も多く、おかげで本書の完成度はぐっと上がったと思う。

妖怪や伝説についての資料を多く残してくれた先人の方たち、本書を作るうえで直接協力してくれた仲間たち、彼らのおかげで茨城県の妖怪だけで妖怪図鑑を作るというプロジェクトを成功させることが出来たのである。

※『茨城の妖怪図鑑』の協力者たち。右上から、台風人間研究家の95式石井。牛久市在住の映画監督、飯塚貴士。都市伝説研究家の早瀬康広。

飯塚貴士氏

95式石井氏

早瀬康広氏

大亀

常総市

一三九七年頃、新しいお寺を建てる場所を探していたお坊さん（良筆上人）がいました。

上人は常総市にある高台に寺の建築を始めることになりました。ところが、しばらくすると巨大な亀が現れて「ここは私の土地である」と抗議してきたのです。

巨大な亀とは、つまりその土地の主のような存在でしょう。普通だったら動揺してしまうところですが、良筆上人はなかなかの強者でした。「持ち主にことわらずに申し訳ないことをしました。せめて、十年だけでも、この土地を貸してもらえないですか」と、大亀を相手に交渉したのです。

大亀は納得して、約束を記した証文を書かせました。

約束通り、十年後に大亀は戻ってきました。しかし再び上人は大亀と交渉をします。

「すみません。もう僅かな期間この土地を使わせていただきたいのです。十に点を一つ打っただけの期間、改めて貸してもらえないでしょうか」

大亀は「わかった。点を一つだけだぞ」と、再び証文を書かせて、その土地から去っていきました。

それから六百年以上が過ぎましたが、いまだに大亀はやってきません。十に足された点によって、土地は「千」年後に返す予定だからです。こうして、常総市には弘経寺というお寺が今でも建っているのです。

何だか気のいい大亀を騙してしまったような話ですが、もともと長寿で知られる亀が化けたのですから、この大亀は今でもどこかで生きていることでしょう。

弘経寺が建てられたのは一四一四年と言われています。大亀が約束を守ってやってくる二四一四年には、盛大にお迎えしてあげてほしいと願います。

出典元（「水海道市史」水海道市）

食わず女房――――ひたちなか市（旧勝田市）

江戸時代の頃の話です。とてもケチな若い男がいました。

彼は「よく働かない女房なんていらない」と言い続けていました。まぁ、ここまでは分かります。彼が異常なのは「もったいないから、飯もなんにも食べない嫁が欲しい」とも口癖のように言っていたことです。なにも食べずにいられる嫁などいるわけがありません。ですが、そんなケチな若者にとって運命の出会いが実現します。

生まれつき口がないという女性を見つけたのです。口がないのだから、何も食べられません。男は大変に喜んで、その口がない女を嫁にもらいます。

口のない女は、男の期待に応えて、よく働きました。もちろん、飯も食べずに……。

ところが、結婚して間もないうちに、男は異変に気付きます。米や味噌、大事な食糧が知らない間にどんどん減っていたのです。

これは女房が怪しいと思い、男は仕事に出かけたふりをして、家の中にそっと隠れ、様子を窺うことにしました。

すると、驚くべきことが起こります。嫁が長い髪を解いて広げると、頭の上に巨大な穴――口が出現したのです。

嫁は長い髪で隠していた巨大な口で、飯を常人の何倍も食べてしまうのでした。

この女房の正体は、蛇が化けたものだと言われています。似たような話は茨城以外でも語られているのですが、埼玉県では巨大な蜘蛛が化けた話とも伝わっています。

それにしても、いくらケチとはいえ、飯を食べるための口を持たない嫁を欲する男も如何なものでしょうか。度を越したケチな男も、ある意味妖怪じみていると、私は思います。

出典元（「茨城の民話第一集」未來社）

蝉ばばあ――常陸太田市

ある農家の家に、一人の旅僧が訪ねてきました。

「泊まるところが見つからなくて困っております。こちらに今晩泊めていただけませんか？」

旅僧は身なりが汚らしく、応対したおばあさんは断ってしまいました。

しかし、おばあさんはすぐに、自分が追い返した旅僧は弘法大師さまであることに気付きます。

慌てて呼び戻そうと大きな声で「弘法様よーい、弘法様よーい！」と呼び続けますが、弘法大師さまは戻ってきません。

おばあさんは大きなけやきの木によじのぼって、何度も何度も「弘法様よーい、弘法様よーい！」と叫び続けるうちに、蝉の姿に変化してしまったそうです。

夏になると聞こえてくる蝉の鳴き声の中には、今でも弘法大師さまを呼び続けるおばあさんの声が混ざっているのかもしれません。


人が別の生き物の姿に変化してしまったという民話は日本各地で伝わっています。その中でも特に多いのが蝉、そして鳥に変わってしまったという話。昔の人々は蝉や鳥の鳴き声を耳にしながら、ふと人間の言葉を思い浮かべてしまった瞬間があったのではないでしょうか。いわゆる「空耳」というものですが、それが蝉や鳥は人が変化したものという考えを生んだのかもしれません。

出典元（「茨城の民話第一集」未來社）

山姥《やまんば》——石岡市

旅行く人を家に泊めてあげた親切なおばあさんの正体が、人を食い殺す山姥だったというお話は日本中で伝わっています。

石岡市に伝わる民話に登場する山姥は、狼を配下に従えていたと言われています。山姥の正体に気付き逃げ出した旅人を狼に追いかけさせ、高い木の上まで旅人が登ってしまうと、狼の上に狼が乗り、更にその上に狼が乗り……という行為を繰り返して、狼ではしごを作って旅人を襲おうとしたという話です。

現代では、ニホンオオカミは絶滅してしまっていますが、石岡の山姥は今は狼の代わりに、どんな動物を配下としているのでしょうかね。

出典元（「茨城の民話第一集」未來社）

むじな ——古河市

狐や狸と並んで、人を化かす動物の代表なのが「むじな」である。茨城県でも、むじなにまつわる話は多い。

なかでも印象的なのが、古河市で伝わっている話だ。

江戸時代の頃、息子夫婦に先立たれてしまい、まだ幼い孫を一人で育てているおじいさんがいた。

孫はおじいさんに大変なついており「じいやん、じいやん」と常に口にしていた。

その様子をよく覗いていた一匹のむじなが「じいやん」という言葉を覚えてしまったという。

人間や別の動物に化けたわけではなく、孫がおじいさんに向かってよく口にしていた言葉を覚えて使うようになったという話には妙なリアリティーも感じる。

人の言葉を話せるようになった動物の話は世界中で報告されており、イギリスのマン島では一九三〇年代に、人間の言葉をしゃべるマングースが現れたと騒ぎになった。九十年代には韓国のテーマパークでいくつかの言葉を話せる象が出現したという話もある。

古河市で「じいやん、じいやん」と口にしたむじなの話も、ただの民話ではなく、実際にあった話なのかもしれない。

出典元（「茨城の民話第一集」未來社）

貉《むじな》

貉《むじな》の化《ばけ》たる事をきく
狐《きつね》狸《たぬき》におとらず ある辻堂《つじだう》に
年《とし》ふりし僧《そう》となりて
六時《じ》の勤《つとめ》おこたらざりしが食後《しよくご》の一睡《すい》にこれを忘《わす》れて尾《を》を出《いだ》せり

人が生んだ蛇 ——朝房山

ヌカヒメという女性が、名前も知らない男性との間に生んだ子が、蛇だったという伝説がある。ヌカヒメはごくごく普通の人間であると思われるので、相手の男性が妖怪だったのかもしれない。

ヌカヒメとその兄のヌカヒコは生まれてきた蛇を神の子だと思い、祭壇に安置していた。だが、蛇はあっという間に大きくなってしまう。とても養いきれなくなったヌカヒメが、父親のもとに帰るように蛇に伝えるが、蛇は同行してくれる人が欲しいという。そんな人物はいないとヌカヒメに言われると怒り、伯父のヌカヒコを雷で殺してから天に昇ってしまう。昇天の途中に母親が投げた土器が当たり、蛇は天に昇れなかったために晡時臥山《くれふしのやま》（現在の朝房山）にとどまった。

人と会話を交わし、雷を自由に操り、飛行する能力まで持っていることから考えても、その正体はただの蛇ではなかったのであろう。ヌカヒコが考えた通り神の子であったのかもしれない。

謎の男の正体を探るうえで一つヒントになりそうな都市伝説がある。イギリスで唱えられ、その後世界的に広まった爬虫類型宇宙人「レプティリアン」の存在だ。密かに地球へ大量に飛来しているという宇宙人の中でもレプティリアンはかなりの数を占めていると言われている。

興味深いのは、このレプティリアンは爬虫類の中でもトカゲやワニ、亀などではなく、蛇に近いDNAを持つとも言われていることだ。

UFOは雷と同様のエネルギーを使い飛来するという話を主張するUFO研究家もおり、ヌカヒメとの間に子供を作った男性がレプティリアンである可能性も考えられるのだ。

出典元（常陸国風土記）

巨角蛇《きょつのへび》

鹿嶋市角折浜

大昔、巨大な角を持つ一匹の大蛇がいた。その大蛇が太平洋に出ようとして浜辺を掘って穴を作ったところで、角が折れて落ちた。それによってその浜の名は角折浜と名づけられた。

日立市、東海村、常陸大宮市などからは、角のある蛇を象ったと思われる縄文土器の装飾が見つかっており、古い時代には常陸国周辺に角のある蛇を崇める信仰があった可能性がある。

妖怪やファンタジー物の世界では、角を持った生物は凶暴な存在として描かれることが多い。ただ古くはトリケラトプス、現代ではサイといった動物を見れば分かるように、角は肉食動物から身を守るために身に付けているものが多い。

巨大な角を持つ大蛇の姿を想像すると恐ろしいが、彼らが凶暴な存在だったのかどうかは不明である。

出典元（常陸国風土記）

山の神

大子町

昔、近衛舎人《このえのとねり》（下級官吏の役職）の男がいた。その男が、東国へ下った際に、陸奥国から常陸国へ越える山の「焼山の関」という山道に通りかかった。馬上で居眠りをしていたが、ふと目を覚まし「ここは常陸国か。ずいぶん遠くへ来たものだ」と思い心細くなった。寂しさを紛らわせるために、男は馬具で拍子を打ちながら常陸歌を歌った。それを二、三度繰り返すと、山奥から恐ろしい声で「ああ、おもしろい」と言って手を打つのが聞こえた。男は馬を止めて「誰が言ったのか」と問うが、従者は「誰が言ったか分からない」と言う。男は恐ろしく思い、急いでそこを通り過ぎた。その夜、男は体調を崩してしまい、そのまま死んでしまった。

真相は分からないが、常陸歌を歌ったことが男の死の原因であったと考えられている。外で迂闊に鼻歌も口に出来ないのかと思うと、恐ろしい話である。

出典元（「今昔物語集」）

茨城のニンゲン

その昔、茨城県の海岸に不気味な死体が漂着したことがあるという。嵐の夜のことだ。海岸に、巨大な人間の死体が打ち寄せられた。死体の身長はおよそ十五メートルほどもあった。半ば砂に埋まって横たわっていたが、騎乗して近寄った人の持つ弓の先端だけが、死体の向こう側にいる人からかろうじて見えたという。その巨大さがよく伝わる表現だ。死体の首から上は千切れてなくなっており、また、右手と左足もなかった。鮫などに喰いちぎられたのかもしれない。五体満足な姿だったら、もっと凄かったことだろう。俯《うつぶ》せに砂に埋まっているので、男か女かわからなかったが、身なりや肌つきから女だろうと推測された。

サイエンスエンターテイナーの飛鳥昭雄氏は、この伝説について、興味深い仮説を唱えている。

二〇〇〇年代になってインターネットを中心に「ニンゲン」と呼ばれる人型の巨大生物が南極で目撃されているという情報が飛び交った。茨城の海岸に漂着した巨人の死体は、南極で目撃されているUMAニンゲンと同種の存在ではないかというのである。

出典元（「今昔物語集」）

コラム2　新たな妖怪観を提示せよ!!

前書きでも書いたように、現代を生きる人たちが持っている妖怪観は確実に水木しげる先生の影響を受けている。

だが、もちろん水木しげる先生以降も、人々の妖怪観を変えた人たちは存在する。

一九八一年生まれの筆者が水木先生の後に、大きな衝撃を受けたのは、『百鬼夜行シリーズ』（講談社）でデビューした京極夏彦先生の作品であった。一九九五年に発売されたシリーズ三作目『狂骨の夢』の帯文を水木先生が書かれていたのをキッカケに手に取ったのだが、妖怪を民俗学的な視点で描いた娯楽作品の登場は、後に多くの妖怪作品に影響を与えた。もちろん京極先生以前にも、民俗学的なアプローチで妖怪を語る人はいた。だが、その多くはお堅い論文のようなものとして発表されたものであり、エンターテインメントとして妖怪を扱う場合に民俗学的な視点を組み込むようなことはあまりされていなかったように思う。

当時中学生だった私は京極先生の小説にすっかり魅了されて、京極作品の下手糞なパロディーみたいな小説を書き出した。もちろん、京極作品の影響を受けた妖怪好きは私だけではなく、京極作品の影響を受けたであろう妖怪作品は、小説、漫画、アニメなどジャンルを問わずに続出した。

水木作品が日本人の心にすっかり浸透した後に、妖怪というジャンルで後続に大きな影響を与えた京極先生は本当に凄いと思う。しかし、一度、人々の妖怪観を大きく変える価値観に出会ってしまうと、ファンというのは贅沢なもので、また妖怪に対する新たなアプローチを見てみたいという欲求が生まれる。

そんな私の前に現れたのが二〇〇五年に刊行された『本当にいる「日本の未知生物」案内』や二〇〇七年刊行の『本当にいる日本の「現代妖怪」図鑑』（共に笠倉出版社）などの著者である山口敏太郎先生であった。山口先生は妖怪伝説の中には、UMAや異星人との遭遇事件について伝えているものもあるのではないかと語り、オカルト事件と妖怪を結びつかせるリンクを次々と読者に提示していった。また、妖怪というとどうしても大昔から伝わる存在というイメージが強かった頃に、古典的な妖怪を紹介した妖怪図鑑に負けないボリュームの現代妖怪図鑑を発表した。これらは私にとって水木先生、京極先生に続く、第三の妖怪カルチャーショックであった。そして、京極作品が刊行された後と同様に、明らかに山口先生の影響を受けた妖怪やＵＭＡの書籍も続出しているのが現状だ。

今回、自分も妖怪図鑑を作るにあたっては、偉大なる先輩方のように、まったく新しい妖怪観を作るような視点を提示したいという思いがあった。だが言うは易く行うは難しである。

妖怪を扱う際、自分は先輩たちの著書や作品の影響からは逃れられないことを常に感じる日々であった。もはや、妖怪に対して新たなアプローチを仕掛けるなど無理なのではないかとも思った。

だが、そんな筈はないのだ。妖怪は人間の頭で全て理解できるようなちっぽけな存在ではないのだから。先輩たちもまだ掴んでいない妖怪の尻尾はまだまだ無数にあるに違いない。

本書はまだ妖怪の新たな尻尾を掴むところまでは行っていないかもしれない。それでも至るところに、先輩たちとは違う方法で妖怪に挑もうとした痕跡は残っていると思う。この先に、新たな妖怪ショックを生み出す何かがあると信じたい。

そして、私も一人の妖怪好きとして先輩後輩関係なく、新たな妖怪観を提示してくれる人物の登場を期待している。

新たな妖怪観を提示すると心に誓う筆者。

伊福部岳の雷神――日立市

兄と妹が田植えをし、「遅く植えた方が伊福部の神の災いを受けるだろう」と軽口を言い合っていた。すると、実際に雷が鳴って遅く植えた妹を殺してしまった。「言霊」という考えもあるが、民話や伝説の中では冗談で言ったことが現実で起きてしまうという話が時折ある。

さて、妹を殺された兄は雷神を恨み、敵を討とうとした。そこへやって来た一羽のキジが兄の肩へ止まった。そのキジが再び飛び立ったのを追いかけたところ伊福部岳についた。さらにキジを追うと、雷神が寝ている岩屋にたどり着いた。兄が太刀で雷神を斬り殺そうとしたところ、雷神が許しを請い「今後はあなたの言葉に従います。百年の後までも、あなたの一族には落雷の恐れはないでしょう」と言った。兄は雷神を許して殺さず、さらに案内したキジへの恩を忘れないと誓うのだった。それ以来この地域の人はキジを食べないそうだ。

出典元（『常陸国風土記』と説話の研究」雄山閣出版）

香香背男《カガセオ》と天津甕星《アマツミカボシ》——日立市

遥か昔の話だ。鹿島と香取の神が常陸国を平定しようと進軍したが、地方一帯を支配していた香香背男（星の神とも言われている存在である）が頑強に抵抗してきて、悩まされていた。香香背男は二人の神を相手に勝ち誇って巨岩に化けて成長する。その勢いは天を突くほどであった。その時、静の里で機織りを教えていた建葉槌命《タケハヅチノミコト》（織物の神と言われている）が鎧に身を固め、鉄の靴（あるいは金の靴ともいう）で巨岩と化した香香背男を蹴り殺した。すると巨岩は三つに砕けて飛び散り、一つは那珂郡の石神に、一つは東茨城郡の石塚に、もう一つは笠間の石井に落ちた。大甕《おおみか》神社の巨岩は「宿魂石《しゅくこんせき》」と呼ばれている。

日本に限った話ではないが、石には不思議な力があるという考えは古くからある。石をご神体として祀っている神社も多く、現代でも「パワーストーン」と言って石をお守り代わりに身に付けている人たちがいる。

香香背男の伝説も、巨大な岩を見た人たちが、そこから神秘的な何かを感じ取ったことがキッカケとなり生まれたものであったのかもしれない。なお、宿魂石は大甕神社に現在も存在している。筆者も訪れてみたのだが、驚いたことに、宿魂石の上を登ることも出来るようになっていた。香香背男の化けた石の上を渡っていくと、本殿に行くことも出来た。（本殿には、別に用意されている参道から行くことも可能だが、筆者は迷わず宿魂石を登った）

石が成長するという不思議な話は、香香背男の伝説だけではない。九州では、拾った石を祀っていたら、どんどん大きくなったという話がある。あなたが普段、何気なく目にしている石も、ひょっとしたら大きく成長するかもしれない？

出典元（『日出づる国の服はぬ星神—常陸国における星神・香香背男伝承の歴史地理学的研究—』石井辰弥）

一つ目妖怪——桜川市

日本人なら誰でも知っているであろうメジャー妖怪「一つ目小僧」を代表に、一つ目の妖怪にまつわる伝説は日本全国にある。

茨城県桜川市では、毎年二月八日に「八日祭り」と呼ばれる行事が行われている。

これは、長さ約一・三メートル、幅約六十センチ、重さ約十二キロほどもある巨大なわら草履を作り、その草履を掲げることで「こんな大きな草鞋を履く巨人が、この地にはいるんだぞ」と一つ目妖怪を威嚇して、町に一つ目妖怪が侵入するのを防ぐというものである。

実は、わら草履や、籠を玄関の前に並べることで、一つ目妖怪が、編み目をたくさんの目だと錯覚して、怖がって近付かないようにするという行事は日本国内の多くの場所で行われている。しかし、巨人を使って一つ目妖怪を撃退するという手法はかなり珍しい。

妖怪を撃退するには妖怪を。まさに、毒を以て毒を制す的な名アイディアである。

地元の住民の証言によると「明治時代、祭りを中止した年があった。翌年、集落内の死者が急増し、すぐに祭りは再開された」という話もある。巨人の草履作戦は効果抜群のようだ。

出典元（「産経ニュース」二〇一六年九月十八日）

女に化けた狐 ——龍ヶ崎市

龍ヶ崎市に古くから伝わる不思議な話を紹介しよう。

忠五郎という情が深くて親孝行な男がいた。忠五郎は、母のために土浦まで薬を求めた帰りに、キツネが狩人に撃たれそうになっているのを助けてあげた。その日の夕方、五十歳くらいの男と、二十歳くらいの若い女が忠五郎を訪ね、宿を貸してほしいと頼んできた。二人を泊めてやると翌朝、女は「両親を亡くしたため、奥州岩城（福島県）から鎌倉の伯父のところへ世話になろうと下男を連れてきたのに、その下男に昨夜のうちにお金を持って逃げられてしまいました。しばらくここに置いてくれませんか」と頼んできた。忠五郎は頼みを聞いてあげて、その女を置いてやることにした。女はとても働き者だったので、近所の人が仲人をして忠五郎は女と結婚することになった。そして二人の間には三人の子供が生まれた。平和な日々が続くが、ある日、女の正体がキツネであることが忠五郎にバレてしまう。正体がバレてしまったキツネは、忠五郎の元から去っていく。

キツネが化けた女が去った後も三人の子供は忠五郎の家に残り、それぞれ立派に育ったという。

出典元（「日本伝説大系第四巻」みずうみ書房）

金色姫 ―――――― 日立市、つくば市、神栖市

金色姫と呼ばれる不思議な美女の話がいくつかの町で伝わっている。

代表的な話として、日立市に伝わる金色姫の話を紹介しよう。

海岸に一隻の船が流れ着いた。そこには美しい女性が乗っており、インドの王の娘で、金色姫だという。継母にいじめられた結果、王である父に「やさしい人のいる国に流れ着くように」と船で流されたのだと語る。漂着した村で大切に育てられた姫であったが、「私は次の世では蚕になります。わたしの繭から糸を取って役立ててください」と言うと、小指ほどの大きさの蚕の姿に変化した。金色姫が化けた蚕は繭を作った。その繭から出てきた成虫の蚕はたくさんの卵を産んで、多くの蚕が生まれた。これらの蚕が吐いた糸はとても上質なもので、村は大変栄える結果になったという。

これが日立市に伝わる金色姫の話だが、旧筑波町では、流れ着いた後すぐに、姫は蚕に変化している。日立市の話の場合は大切に育ててくれた村人たちへの恩返しという意味もあったのだろうが、筑波町での場合は金色姫がただただ優しい女性であったという話に感じられる。

出典元（「日本伝説大系第四巻」みずうみ書房）

大鯰──────────鹿嶋市

国民的妖怪漫画『ゲゲゲの鬼太郎』の中で、鬼太郎は数多くの強敵妖怪たちと戦いを繰り広げた。

バックベアード、ぬらりひょん、吸血鬼エリート、ヒ一族……ファンなら、すぐにいくつも強敵妖怪の名を思い浮かべることだろう。そんな強敵妖怪たちの中でも、最大の強敵としてマニアが真っ先に名を挙げる存在が、八百八狸《はっぴゃくやだぬき》だ。

四国からやって来た化け狸の軍団である八百八狸。そして、この八百八狸が鬼太郎を苦しめる最大の原因となったのが、彼らが要石に封印されていた大鯰を配下として操れたことにあった。

ビルよりも巨大な姿を持ち、大地震を起こすことも出来る大鯰は不死であり、原爆でも倒すことは出来ない。作中では鬼太郎もとどめを刺すことは出来ないままに終わってしまう。まさに強敵中の強敵なのである。

さて、八百夜狸が四国の妖怪として描かれているため、妖怪ファンの間では大鯰も四国の妖怪だと思っている人もいるようだ。しかし、要石に封印されていた大鯰は茨城に伝わる大妖怪なのである。

大鯰を封印している要石は、今も鹿島神宮にある。要石は地中深くに入り込んでいて、地下にいる大鯰を押さえているという。

この要石は鯰の頭を押さえている。そして、桜川市にある磯部稲村神社では鯰の尻尾を押さえているもう一つの要石がある。この伝説をもとにグーグルマップで測定したところ、直線距離にして約六十二キロもあった。想像を遥かに超える巨大な鯰である。

鹿島神宮に埋まっている要石は、水戸黄門でお馴染みの徳川光圀がどこまで深く埋まっているか確めようと、部下たちに掘らせたこともあったという。だが、何日掘り続けても、底は見えることなく諦めざるを得なかったらしい。

とにかく、この要石と大鯰にまつわる話は全てスケールが大きい。

鹿嶋市から岩瀬市の地下には今も一匹の、最大最強の妖怪鯰が封印されているに違いない。

出典元（「週刊 神社紀行27」学習研究社）

笠間の十三天狗 ―――― 笠間市

笠間市にある愛宕山では年に一度、「馬鹿野郎！」「この野郎！」といった罵声が聞こえてくる日がある。

何も知らなければ、山から妖怪の声が聞こえてきていると勘違いしてしまうかもしれない。そうじゃなくても、山で誰かが喧嘩していると思ってしまうだろう。

笠間市では十二月の第三日曜日に「悪態まつり」というお祭りがおこなわれている。これは日本三大奇祭の一つとも言われているお祭りで、天狗に扮装した氏子たちに向かって参加者は「馬鹿野郎！」「この野郎！」「いい加減にしろ！」と罵声を浴びせ続ける。

悪態をつけばつくほど縁起も良いという実に変わったお祭りなのである。

筆者もこの奇祭に参加したことがあるが、数百人の参加者が大声で悪態をつきまくっていて、凄い迫力だった。私も天狗に向かって「茨城の妖怪図鑑が売れなかったら責任とれよ、馬鹿野郎！」と悪態をついた。（悪態は、特定の個人に向かっての言葉でなければ、何を言っても良いというルールである）

祭りの最後には、十三人もの天狗が現れて、参加者から悪態をつかれまくっていた。

天狗に向かって、乱暴な言葉を吐ける機会など滅多にない。是非、一度は参加してほしい面白いお祭りである。

出典元（「都市伝説　オカンとボクと、時々、イルミナティ」Ｐｏｄｃａｓｔラジオ　二〇一九年一月二日配信）

下水道ワニ ――――――― 筑西市

「下水道に巨大なワニがいる」というのは、元々はアメリカで広まった都市伝説である。ペットとして飼われていたワニが捨てられた後、下水道で生き延びているという話であり、排水の影響で異常な成長を遂げて巨大化したという話もある。

この都市伝説をモチーフにした映画は日本でも公開されて大ヒット。その影響か、日本でも下水道にワニがいるという都市伝説が生まれた。

筆者は小学生の頃に友人たちと一緒に、下水道の中に入って遊んだことがある。

すると友人の一人が「ワニだ！」と叫び、慌てて逃げだした。私たちはワニを目にしていないし、実際にワニがいた可能性は低いだろうが、恐怖から一緒になって逃げ出した。

下水道の中にワニが潜んでいるという話にはそれだけリアリティーがあったのである。

そして、都市伝説の世界では、下水道に潜んでいるのはワニだけではない。茨城県でいうと、つくばみらい市の下水道には人工知能を搭載したロボットが隠れているという話がある。マンホールの上に百円玉を置いて何か質問をすると、テレパシーでその答えを教えてくれるらしい。茨城の話ではないが、渋谷の下水道には何十人もの人が暮らす町があるという都市伝説もあった。下水道の町で暮らす人たちは何らかの理由で社会的に抹殺されており、今も地下でひっそりと生き続けている。

下水道に潜む存在を語った都市伝説は、この先もバリエーションを増やしていくと筆者は予想する。人々が、足元の下にある世界のことを想像する心を失わない限り……。

証言者（筆者）

飛行お猪口《ちょこ》——龍ヶ崎市

古びた道具には魂が宿り、意思を持って動き出す。そんな話を聞いたことがある人は多いだろう。有名な「から傘お化け」なども、その一種だ。

道具が化けた存在は「付喪神《つくもがみ》」と呼ばれており、その話は、日本中に伝わっている。

近年も、そんな付喪神の目撃が、茨城県のある民家で起こっていた。

目撃者の証言によると、リビングで妙な音がしたので、様子を見に行くと、お猪口が何度も跳ね上がっていたことがあったという。

そのまま跳ねたところをバッとつかむとお猪口には小さな足が二本あった。驚いてそのお猪口を手から離すと、お猪口はあっという間に庭の方に走って行ってしまったというのだ。

足の生えたお猪口は今でも、茨城県を跳びはねながら走り回っているのかもしれない。

その行動から推測するに、このお猪口は人間に動き回っているところを見られるのは良くないと思っていたのだろう。だが、その割に何度も跳びはねて音を出していたというのだから、矛盾しているようにも感じる。お猪口の変化ということで、もしかすると酒に酔っていたのかもしれない。

足の生えたお猪口の話は、筆者もこの一件しか聞いたことはないが、もうお酒は無くなっていたはずなのに、気が付くとお猪口の中にお酒が注がれていたという話は日本各地である。付喪神と化したお猪口は自らの力で、お酒を生成することも出来るのではないか。もっとも、酒の席での体験談なので（証言者も酔っていたわけなので）実際には無くなっていたと思い込んでいただけで、単にお酒が残っていただけという可能性も充分にあるが……。

ただし、竜ヶ崎市の民家で、飛び跳ねるお猪口を目撃した方は、しらふであったことは強調しておきたい。

情報提供者（隼人さん）

奈美松・古津松 ——— 石岡市

昔、美しい男と女がいた。お互いの噂を聞き、お互いに会いたいと思っていたところ、歌垣（相互に求愛の歌謡を掛け合う呪的信仰に立つ習俗）の際に二人は偶然出会うことが出来た。二人は人々から離れて松の木の下に隠れ、お互いの思いを語り合ったという。夢中になって語り合ううちに、夜が明けた。二人は、周囲の人に見られることを恥ずかしく思い、恥じ入るあまり松の木に化けてしまった。男を奈美松といい、女を古津松という。

出典元（「常陸国風土記」）

亀が淵の美女 ——— 常陸太田市

水府村（現在は合併されて常陸太田市となっている）亀が淵と呼ばれている場所があった。その昔、一人の木挽《こび》きが誤って斧を淵へ落としてしまった。淵の中に飛び込んで捜していると、美しい音楽が聞こえてきた。音のほうに進むと美しい女性が現れ「ここは私どもの住むところです。私たちのことを他の人に知らせたらあなたの命はなくなるでしょう」と言ってきた。木挽きは驚いて逃げ出すが、突如、雷鳴とどろく豪雨となり、亀が淵は激流となって荒れ狂った。そののち、木挽きの姿はどこにも見られなかったという。

まだ約束も破っていない（他の人に美女の話もしていない）のに、木挽きの命は奪われてしまったのだろうか。何とも理不尽な話である。

この亀が淵では他にも不思議な話が伝わっていて、徳川光圀が立ち寄った際には、亀が淵に潜んでいた大蛇を倒したことがあるのだそうだ。

さすがは、水戸黄門。とっても強い。

出典元（水府村史）

頭白上人 ——— つくば市

江戸時代の頃の話だ。妊娠中の女性が賊に殺された。その夫・佐源次は七年ほど巡礼をして、筑波で妻を殺した仇の伊太夫に会う。二人は小田村の入口のダンゴ石の前の猿子ダンゴ屋で婆さんから「幽霊の女が毎晩、五文銭をもってダンゴを買いに来た。不思議な女だという噂が村役人の耳に入り、後をつけると、藪の中に消え、横穴の中で子供が泣いていた。五年も穴の中で育ったので頭の毛が真白で、今は石崎村の千光寺で育ている」という話を聞く。佐源次はそれが自分の妻子であると知り、千光寺で我が子に会い、伊太夫とともにそこの僧になった。この子供はのちに頭白上人と呼ばれるようになり、千光寺の住職となった。永正十二年、頭白上人が母のために五輪の石塔を建て、説教しているところへ小田天庵公がやって来て人々をけ散らした。後に太田へ移った上人は死ぬときに「来世は武人に生まれて小田家を滅ぼそう」といった。佐竹義宣がその生まれ変わりといわれ、佐竹は小田を滅ぼした。五輪の塔は子供の夜泣きを軽減させるご利益があるとされ、「夜泣き石」とも呼ばれている。

出典元（「日本伝説大系第四巻」みずうみ書房）

神鹿 ——— 鹿嶋市

神の使いとして、鹿島神宮で飼われている鹿。

神の使いの鹿といえば、奈良の春日大社の神鹿がもっとも有名である。だが、奈良の神鹿は、鹿島神宮から連れてきたものだという伝説もあるのだ。

また近年になっても、鹿島神宮で飼われていた神鹿の全身が光り輝いているのを目撃した人もいる。

神の使いである鹿たちは、やはり普通の鹿ではないのだ。

出典元（「都市伝説 オカンとボクと、時々、イルミナティ」Podcastラジオ　二〇一八年十月十七日配信）

体育館の床下に潜む巨大生物――筑西市

筆者は小学生の頃に、体育館の床下に入ってよく遊んでいた。学校の中に秘密の隠れ家を持ったようなドキドキ感もあり、気が付くと一緒に床下に入って遊ぶ子供たちも続出した。

そんな中、友人の一人が、床下に横幅二十センチ、縦幅三十センチほどはある三本指の足跡が続いているのを発見した。このような巨大な足を持つ動物に心当たりはなく、大人になった今でもあの足跡の主の正体が何だったのか皆目見当がつかない。

証言者（筆者）

幽霊の干物――筑西市

筑西市に住むSさんは小学生の頃、ラブホテルの駐車場にこっそりと忍び込んで遊んでいたことがある。

その時に、半透明の巨大な干物のようなものが転がっているのを見たという。正体は分からなかったが、それは漫画で描かれる魂が平べったくなったもののように見えて、Sさんは幽霊の干物を見たのではないかと考えている。

証言者（筑西市在住・Sさん）

鬼のうぃじ――高萩市

日本一有名な昔話である「桃太郎」。この物語はどこが発祥の物語であるのか諸説あり、国内にはいくつかの「桃太郎の里」として売り出している場所がある。

物語の内容も地域によって細部に違いがあって、高萩市に伝わる「桃太郎」では、鬼は鬼ヶ島ではなく、山奥に暮らしている。また、「うぃじ」という名前も付けられている。


出典元（「高萩市の昔話と伝説」高萩市役所）

月に化けた狸――高萩市

狸は、様々なものに化けることができる動物として各地で語り継がれている動物だ。

他の動物や人間、壺や置物といった道具、鬼や一つ目の大入道といった妖怪……などなど、とにかく、いろんなものに狸は化けてきた。

高萩市にかつていた化け狸は、スケールが大きいことに、何と夜空に浮かぶ月に化けたことがあるという。


出典元（「高萩市の昔話と伝説」高萩市役所）

悪魔の足跡 ——水戸市

これは、筆者のツイッター宛に寄せられた情報である。

BAKERY YAMAKiさんの自宅の敷地内で、足跡のようなものが発見された。BAKERY YAMAKiさんは、それを撮影して、都市伝説研究家として活動している早瀬康広氏に、これは一体何なのでしょうかと質問をした。

早瀬氏は、ドイツのフラウエン教会に残されている「悪魔の足跡」に形状が酷似していると指摘した。

水戸に悪魔がやって来たのだろうか？

筆者としては、悪魔の足跡説の他に、一本足の妖怪「一本だたら」の足跡説なども候補に挙げておきたい。

いずれにせよ、妄想が広がる面白い写真であることは間違いない。

証言者（BAKERY YAMAKiさん）

しょいかご婆さん

――龍ヶ崎市

　筆者のような仕事をしていると、妖怪の目撃談などがどんどん寄せられてくる。これは私のツイッター宛に寄せられた情報である。

　龍ヶ崎市を歩いていた時のことだ。畑仕事をしているお婆さんが目に入ったので、「精が出ますね」と話しかけた。

　だが、お婆さんからは返事がなく、ぼんやりと俯いている。

　具合でも悪いのだろうかと思って近寄ってみると、お婆さんの背負っていた籠の中にたくさんの人の手足のようなものが入っていたという。

　そのお婆さんの正体は近所の人間も知らなかったらしく、今では妖怪だったではないかと考えられているという。

情報提供者（隼人さん）

海神と大毒魚——阿見町

かつて霞ヶ浦には、怪しい光を放つ巨大魚がいたと伝えられています。巨大魚といえば、日本でもタキタロウ（山形県鶴岡市で目撃されている巨大魚型UMA）や、ナミタロウ（新潟県糸魚川市で目撃されている巨大魚型UMA）は現代でも目撃があります。

残念ながら近年になってから、霞ヶ浦で化け物のような巨大魚の目撃談はありませんが、かつては実在していたのかもしれません。

怪しい光を放つUMAの目撃も世界中であって、アラスカでは全身が光る毛むくじゃらの動物ユーコンテリウムが、パプアニューギニアではローペンと呼ばれる発光しながら光る生物が目撃されている。

霞ヶ浦で、光る巨大魚の目撃が無くなった理由については、実は伝説で語られている。

この巨大魚が放つ光は湖や人間にとって良くないものであり、海神が退治してくれたらしいのだ。

阿見町には、この海神を祀っている神社が今でも残っています。

出典元（「民話でつづる霞ヶ浦」暁印書館）

茶釜雷神——つくば市

雷神様が祀られている神社は数多くあるが、つくば市にある金村別雷神社にはちょっと変わった雷神様の話が伝わっているので紹介しましょう。

ある男が、金村別雷神社で「雷神様、たまには家に遊びに来てください。お茶の一杯でも差し上げますから」と冗談を言いました。

それからしばらくして、雷が突然鳴り出して大雨も降り出した日がありました。男は慌てて家へ戻りました。すると、茶釜の蓋がなくなっていることに気付きます。これは雷神様が本当に自分の家までやって来て、お茶を飲んでいったに違いないと男は思ったそうです。

無くなった茶釜の蓋は後日、近くの麦畑で見つかりました。男は、畑のそばに祠《ほこら》を建てて、「茶釜雷神」として祀ったという話です。

出典元（「つくばの昔ばなし」筑波書林編集部）

小美玉市の河童――小美玉市

人間に悪さをしようとした河童が、手を斬り落とされてしまうという話は日本中で伝わっている。そのため、河童は手のみのミイラが伝わっているケースも多い。

小美玉市にも、悪さをしようとしたところを、地元の殿様に刀で手を斬られてしまった河童の話がある。必死で謝った河童に殿様は手を返してやった。河童はそのお礼として、殿様に秘伝の薬の作り方を伝授したり、魚を毎日届けたという。結果的に河童と殿様の間には信頼関係のようなものも生まれるようになった。

そして、この殿様こそ、後に新選組の筆頭局長となる芹沢鴨のご先祖様であったとも言われている。

出典元（「ふるさとの民俗」小美玉市史料館）

ねねこ河童――利根町

利根川に住んでいた女河童。

この女河童は、日本中に存在する河童の中でもトップクラスの力を持つと言われている。

赤城の忠治河童、佐倉の繁三河童、江戸の長兵衛河童、伊豆の佐太郎河童、清水の次郎長河童、潮来の伊太郎河童といった関東の河童たちを配下として従えさせていた大親分でもあったと伝えられている。

この伝説が語られていた時代はまだまだ男尊女卑も強かったであろうに、河童の世界では女性が最大の権力者としての地位を築いていたのである。

人間よりも、河童のほうがよっぽど先進的であったと言えるだろう。

出典元（「利根川の昔ばなし」崙書房）

千波湖の河童 ―― 水戸市

河童というと、昔の人が目撃していた妖怪というイメージが強い。しかし、茨城県では八十年代に入ってからも複数の人間から河童を目撃したという報告がある。

一九八七年に千波湖の脇を流れる桜川に河童が現れて、それを目撃した小学生たちが河童に目がけて石を投げつけたというのだ。

子供たちも河童を見て怖かったのかも知れないが、この本を読んだ人は河童を見かけても、どうか石をぶつけたりしないでやってほしい。

出典元（「本当にいる世界の未知生物案内」笠倉出版社）

ねがい天狗とかない天狗――――稲敷市

稲敷市にある大杉神社には、長い鼻を持つ天狗と烏天狗の像やお面などが並べられている。

長い鼻を持つ天狗は「ねがい天狗」、烏天狗は「かない天狗」と呼ばれていて、どんな願いごとでも、しっかりと神様（大杉大明神）の元まで届けてくれる。その結果、どんな願いごとでも叶えてくれる神社として有名になり、多くの人々が大杉神社を訪れるようになった。

出典元（「稲敷市観光ガイド」稲敷市）

ひょうたん入道――――鉾田市（旧鹿島郡）

その昔、鹿島郡のお寺で、巨大な大入道が現れて人を驚かせたことがある。

この大入道に遭遇したお坊さんが、見事に退治したところ、その正体は大きなひょうたんが化けた姿であったという。

民話や伝説によると、いろいろな姿に化けるのは、狸や狐のような動物だけではない。

考えてみれば、植物の中には何百年も、何千年も生きるものだって多い。年老いた動物が化ける能力を持つのなら、植物が大入道や妖怪の姿に化けるのも、おかしなことではあるまい。

出典元（「茨城県の民話」偕成社）

うつろ舟――鉾田市

今から二百年ほど前に、鉾田市の海岸に不思議な形状の舟が漂着したことがあった。

当時の人たちは、その舟の正体が分からず、不気味に思い、舟に乗っていた乗員（奇妙な言葉を使う女性であった）ごと、海へと送り返してしまった。

この舟の絵を見た現代の人々は「まるでＵＦＯ（空飛ぶ円盤）のようだ！」と驚いた。

うつろ舟と、その乗員との遭遇は、茨城県民と宇宙人のコンタクトの記録だったのであろうか？

筆者も、うつろ舟の調査のために現地に足を運んだことがある。うつろ舟が漂着したと言われている場所には、空飛ぶ円盤をモチーフにした遊具が設置されていた。

出典元（「江戸うつろ舟ミステリー」楽工社）

コラム3　茨城・UFO宇宙人目撃事件簿

茨城県は「オカルトの聖地」とも呼ばれるくらい不思議な話が多いのをご存知だろうか？　筆者も過去には、CSファミリー劇場で茨城県のオカルトだけを紹介する番組『緊急検証！オカルトリカルワールド茨城～北関東超ふしぎ発見！』や、茨城県が運営するインターネットテレビ「いばキラTV」で配信された茨城県内の都市伝説を紹介する番組『いばキラ都市伝説TV』などに関わってきた。

オカルトや超常現象を扱う際に、メディアがもっとも注目する場所の一つが、この茨城県なのだ。

本書における「妖怪」の定義については、まえがきで紹介した。だが、茨城県には妖怪のカテゴリーには入りきらない不思議な話も数多く存在する。

ここでは、その中から、UFOと宇宙人の目撃事件について少しだけ紹介させていただこう。茨城には妖怪だけじゃない、宇宙人もたくさん来ているのだ!!

○加波山はＵＦＯ目撃多発地帯！
桜川市と石岡市との境に位置する加波山の上空は、ＵＦＯ目撃多発地帯としても知られている。目撃の大半はジグザグに飛行する発光体であるが、筑西市にある某接骨院に務める柔道整復師の男性は、加波山上空に飛来した巨大な葉巻型ＵＦＯを目撃している。

○ＵＦＯ否定派を肯定派に変えた超巨大ＵＦＯ！
それまでＵＦＯの存在など全く信じていなかった男性が、稲敷市の県道でＵＦＯを目撃。以来、ＵＦＯ肯定派に変わってしまった。

Ｐ75のスケッチは目撃者自身が描いたその時のＵＦＯである。

目撃したのは、二〇一三年一月三日。風のまったくない寒い夜だったという。車で移動中に、五十メートルから百メートルはある巨大な物体が空を飛んでいたのを目にした。

○宇宙人の運転するタクシーが、桜川市を走っていた！
これは筆者が通っていた高校（茨城県立岩瀬高等学校）で、世界史を受け持っていた教師から授業中に聞いた驚くべき話である。

その教師は授業中に突然、「昨日、宇宙人が運転するタクシーに乗ったんだ」と話し出したのだ。

教師は、深夜にそのタクシーに乗った。運転手は無口で、移動中何も話しかけてこないまま、目的地に到着した。教師がお金を払うと、運転手はお釣りを余分に渡してきたという。不思議に思った教師が運転手の顔を見ると、その顔はテレビのＵＦＯ特番でよく見るグレイそのものであった！

あまりにも衝撃的過ぎて信じがたい話であるが、教師は冗談で言っているわけではないと生徒たちに強く力説していた。

なお、宇宙人の顔を見た教師は逃げるように、タクシーから降りたらしいが、お釣りを余分にくれたことから、悪い存在ではなかったのではないかと考えるようになったそうだ。

茨城県では、今も宇宙人が運転するタクシーが走っているかもしれない？

平将門——坂東市

平将門といえば「怨霊」や「祟り」といった恐ろしいイメージを持つ人も多いだろう。

しかし、茨城県坂東市では将門にそのような恐ろしいイメージは無い。「悪政に苦しむ民を守るために戦った英雄」として、愛されているのだ。

そのため、「将門まつり」「将門マラソン」といったイベントや、「将門煎餅」のような名産品も作られている。

平将門を祀る國王神社も坂東市にあるが、同市内にある博物館「ミュージアムパーク 茨城県自然博物館」では、マンモスや恐竜の骨格が多数展示してある。そして、このミュージアムパークでは「夜になるとマンモスや恐竜が勝手に動き出す」という都市伝説も広がっている。

怨霊ではなく、民を救う英雄だった平将門のパワーで、恐竜やマンモスが動き出しているのかと思うと、ワクワクしてしまう話ではないか。

出典元（「いばキラ都市伝説TV＃7＆8」いばキラTV）

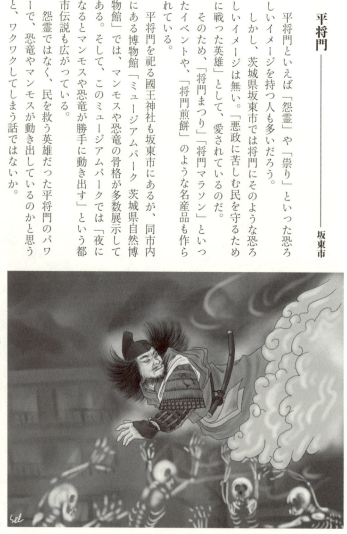

ミス・ネスコ――霞ヶ浦

地球は意思を持った一つの生命体であるという仮説（ガイア理論）がある。この仮説は日本人にとっても比較的受け入れやすいものではないだろうか。日本人は古くから「八百万の神」と言って、山や湖、木や石にも魂が宿っていると考えてきたからだ。

地球が一つの生命体なら、八百万の神も正しい考えであったと捉えても良いだろう。

ところで、世界では二十一世紀になった今も天使を目撃したと語る人が多い。目撃者の話を聞くと、天使は「地球の環境を大事にするように」といったようなメッセージを伝えていた場合が多い。これは筆者の仮説であるが、天使とは、地球が人間とコミュニケーションを図るために擬人化した姿ではないだろうか。「擬人化」と言われても、ぴんと来ない人も多いだろうが、例えば、私たち人間は、犬や猫と触れ合う時に、普段よりも目線を下げて幼い言葉を使ったりする。

人間よりも遥かに高等な生命である地球が人間の目線に合わせてコミュニケーションを取った結果が天使の正体なのである。

私がこのような仮説を抱いたのには理由があって、UMA好きの友人がクッシーという巨大水棲獣UMAが目撃される屈斜路湖（北海道）の付近で、「私は、ネス湖が擬人化した存在なんです」と語る女性と遭遇したことがあるのである。

「八百万の神」の考えは正しく、湖も意思を持った生命体だったのだ。彼女（ミス・ネスコ）によると、世界中の湖は互いにコミュニケーションを取っており、時には争い、派閥争いなども起きているらしい。

ミス・ネスコによると、日本の湖の一部は、既にネス湖の配下となっており、洞爺湖、中禅寺湖、猪苗代湖、相模湖、そして茨城県の霞ケ浦は、ネス湖の分身のような湖と化しているのだそうだ。

このミステリアスな女性の話をどこまで信じるかは読者に委ねたいが、霞ヶ浦に行けば、ネス湖が擬人化した姿であるミス・ネスコに、君も会えるかもしれない。

出典元（「緊急検証！THE MOVIE ネッシーVSノストラダムスVSユリ・ゲラー」）

九尾の狐 ――― 結城市

九尾の狐といえば、中国からやって来た恐ろしく凶暴で強大な妖怪として有名です。

一匹で国を破滅させるほどの力を持つ九尾の狐は、妖怪をモチーフにした漫画やゲームなどでも、ボスキャラとして登場することが多い。

ただ、日本では恐ろしい妖怪としてのイメージが強い九尾の狐でも、中国の伝説では縁起の良い霊獣として語られていたりもします。日本でも九尾の狐を善の存在として描いた作品はいくつかあります。

茨城に伝わる九尾の狐の話は、この妖怪の二つの印象がどちらも混ざり合ったような話とも言えるかもしれません。

日本で暴れていた九尾の狐は、人間たちとの戦いに敗れてしまいます。しかし、九尾の狐は最後の力を振り絞って、栃木県の山で、石に変化。その石からは恐ろしい猛毒が発せられ、人々は近寄れません。結局、九尾の狐を完全に倒すことは出来なかったのです。

それから二百年ほど経ち、九尾の狐が化けた石に挑むために、結城市にある安穏寺というお寺から、源翁和尚という名の高僧がやって来ます。源翁和尚が石を粉々に砕くと、その石から毒が発せられることは無くなったそうです。

源翁和尚が石を砕いた日の夜、安穏寺に戻ると、美しい女性が訪ねてきました。女は、「おかげさまで成仏することができました」と言うと、源翁和尚の目の前で姿を消したという話です。

日本ではいつの間にか悪の大妖怪へと変化してしまった九尾の狐が、本来の神聖な存在に戻ったような印象も受けてしまうような話です。

縁起の良い存在へと戻った九尾の狐は、今も美しい女性の姿で結城市を歩いているかもしれません。

出典元（「日本の諸国物語」講談社）

ツチノコ――土浦市

ツチノコといえば、日本を代表するUMA（未確認生物）で、一般的にも知名度が高い。『ドラえもん』や『ちびまる子ちゃん』などの人気漫画や、NHKの朝の連続テレビ小説にも登場する作品があるくらいだ。

そんなツチノコの歴史は古く、奈良時代に書かれた『古事記』や『日本書紀』、中世から近世にかけて記された『和漢三才図会』、江戸時代の記録をまとめ明治初期に出版された『信濃奇勝録』などでも、ツチノコを思わせる奇妙な生物が紹介されている。

つまり河童や鬼と同じく、古くから日本に伝わる妖怪でもあったのだ。ツチノコの特徴の一つとして「強力な毒を持つ」というものがあるが、実際にツチノコに噛まれて毒にやられたという報告は無い。これは筆者の推測であるが、ツチノコが「蛇という生物」よりも「妖怪」という認識が強かった時代、「ツチノコのいる山に入ると祟りがある」という話も多かったのだが、ツチノコが生物として紹介される際に、祟りという非科学的なものを説明するために「毒を持っている」という設定が作られたのではないだろうか。

ツチノコの目撃は北海道と沖縄を除く日本全土で報告されており、茨城県での目撃も多数ある。なかでも、目撃が多いのが土浦市である。茨城県でツチノコ発見を目指している人は是非、土浦まで足を運んでみることをお勧めする。

出典元（「【追跡！日本の妖怪】妖怪ツチノコを追う」ディスカバリーニュース）

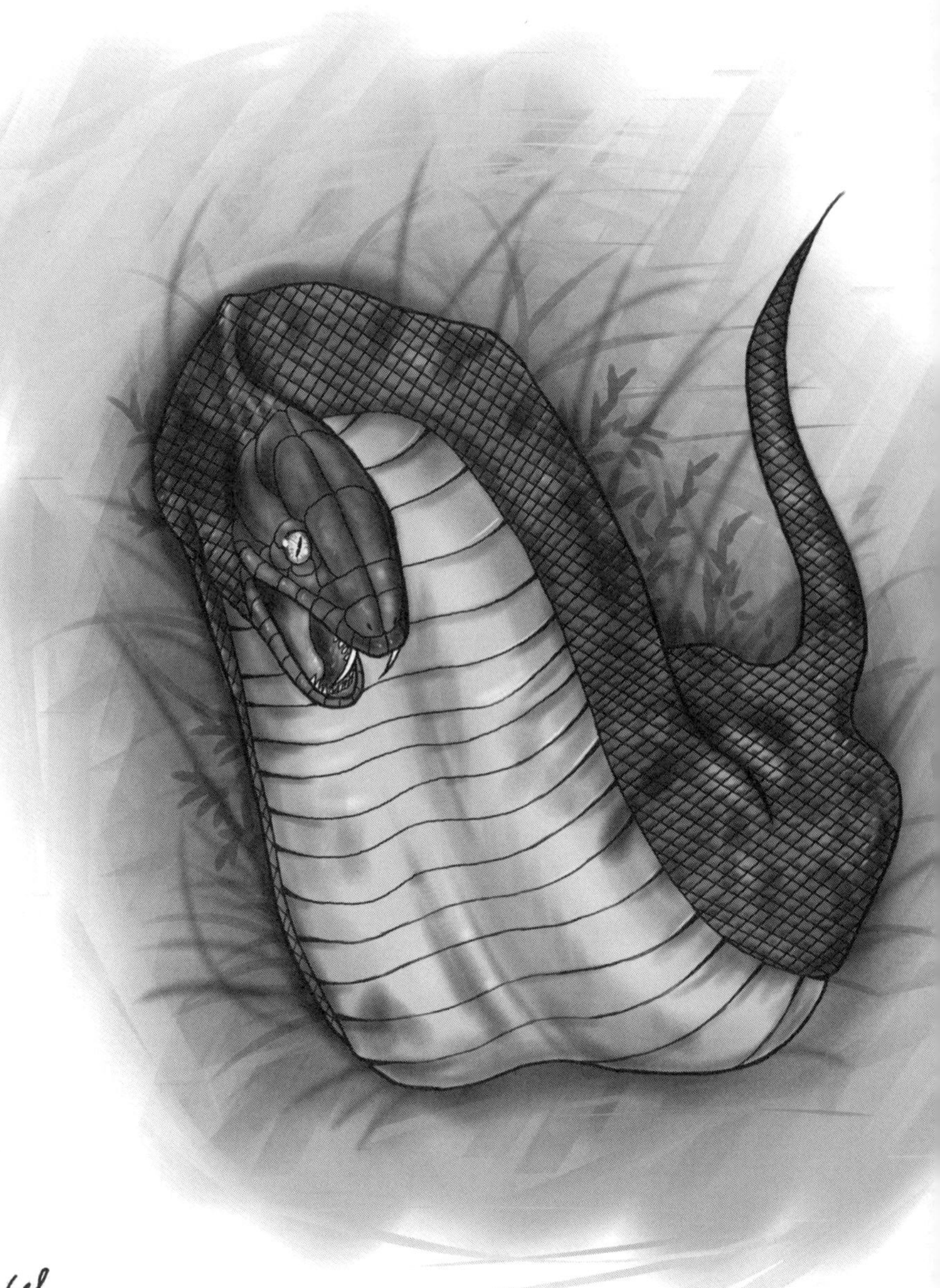
Sel

みずち――行方市（旧玉造町）

昭和六十三年に、茨城県玉造町で「みずち」という生物の死体が発見されたという話は、多くのUMA本で紹介されている。

「みずち」の名前は、竜のような姿をしていると伝えられている水神の名前から来ていると思われる。玉造町には、水神を祀った神社も古くからあるのだ。

しかし、みずちの死体が発見された昭和六十三年はそこまで大昔ではない。筆者が、七歳の頃である。近年に、自分の生まれ育った県内で怪獣の死体が発見されるようなことがあれば、自分の耳にもリアルタイムでその情報が入ってきてたように思う。

私が、玉造町で発見されたみずちについて最初に知ったのは、平成三年に刊行された『緊急レポート謎のイッシーを見た』（ケイブン社）であった。だが、その後調べていくと、同じケイブン社で昭和六十三年に発売された『謎の怪生物大百科』では、「六十三年　五月に発見された」と書いてあることが分かった。この本の中での年号表記は大正以前の記録を除いて全て西暦となっているので、この「六十三年」は「西暦一九六三年」を示している可能性が高い。

つまり、昭和六十三年に玉造町で、みずちの死体が見つかったという情報は、間違っている可能性が出てきたのだ。

UMAも妖怪も、自分が目にした情報は、それ以前の情報ソースもさかのぼって調べていく必要がある。

昭和六十三年に発見されたみずちの話は、そのことを教えてくれる。

もっとも、一九六三年の新聞を調査してみても、今のところ、みずちについて書かれた記事は見つかっていない……。

出典元（『謎の怪生物大百科』ケイブン社）

動く恐竜像――水戸市

「恐竜」はいつの時代だって、子供たちに愛される存在だ。そのため、恐竜の巨大な模型や、恐竜型の遊具が設置された恐竜公園も世界中にたくさん存在する。

百四十三ヘクタールもの広さがある水戸市森林公園には、十四体もの恐竜や古代生物の模型が置かれていて、多くの子どもたちや恐竜ファンを楽しませている。模型といっても、博物館にある物のように、見ているだけではなく、恐竜に触ったり、よじ登ったりすることも出来る。

見逃せないのは、水戸市森林公園でしか会えないオリジナル怪獣「イボゴン」だ。昭和五十八年に、水戸市の小学生岡田茂くんが考えた怪獣の模型である。

自分が考えた怪獣が、公園の遊具になるなんて、全ての怪獣少年の夢であろう。イボゴンの生みの親岡田茂くんは、現在は、脚本家、演出家となっていて、『補欠ヒーローMEGA3（Eテレ）』の脚本を書くなど、活躍している。

さて、この恐竜や怪獣が集結している公園には一つの都市伝説が昔からあった。水戸市森林公園は四月から九月までは十九時に、十月から三月末までは十七時十五分になると出入口のゲートが封鎖され、中に入ることが出来なくなるのだが、閉園後は公園の恐竜や怪獣たちが生き物のように自由に動き回っているというのだ。

夜になると、模型が動き出すというのは、学校の怪談などでもよく聞く話であるが、十四体もの恐竜が広大な公園の中で闊歩している姿を想像すると、そのスケールに圧倒される。

この公園でもっとも大きいサイズの模型が作られているのは、長い首を持つディプロドクスなのだが、このディプロドクスの首は公園の外からも見ることが出来る。

閉園後に公園に忍びこむわけにはいかないので、ディプロドクスの首が動き出さないかを外から観察してみよう。

証言者（鉾田市在住・Hさん）

台風人間――東海村

恐竜が絶滅せずに生き残っていたら、小型化して知能を持った「恐竜人間」に進化したのではないかという説がある。

ところで、実は「台風」は生命体という異端の説がかつて存在していた。この説が本当だとしたら、台風は恐竜を超える巨大生命体だと言える。

巨大生物の進化のかたちとして、小型化して知性を持つということが考えられるのなら、巨大生物「台風」の中には、小型化して知性を持った「台風人間」とも呼ぶべき生命体が存在している可能性は考えられないだろうか？

江戸時代には台風を呼び起こす「一目連」という名の妖怪が伝わっていた。その名の通り、一つ目の物体が、台風と共に空に出現していたものと思われるが、実は世界中では「目玉型のＵＦＯ」が目撃されており、筆者は一目連と目玉型ＵＦＯの間には関連性があるのではないかと考えている。

台風が進化した台風人間は、体のパーツをばらばらに分解して、空を飛来することが出来るのではないか。一目連や目玉型ＵＦＯは、台風人間の目玉が目撃されたものであったのだ。

この仮説を裏付けるように、目玉以外の人体のパーツが飛来しているのを目撃したという報告も数多くある。

二〇一四年には、神奈川県相模原市のＦＭラジオ局「さがみＦＭ」でＭＣをしている蝉丸氏が、相模原駅の上空を飛ぶ巨大な鼻のような物体の撮影に成功している。

写真は無いが、茨城県の東海村では、空飛ぶ足のようなものを目撃したと語る人もいる。

おそらく、台風人間は世界中の空を飛んでいるはずなので、読者の皆さんも巨大な人体のパーツが飛んでいないか、よく空を観察してみると良い。

出典元（「第2回紅白オカルト合戦」CSファミリー劇場）

かまいたち——五霞町

佐川急便に勤めているBさんは、茨城の営業所で働いていた頃に、両手が日本刀のように鋭い刃物のような四つ足の小動物を目撃したことがあるのだそうだ。

刃物のような両手を持つ動物の姿の妖怪といえば、つむじ風に乗ってやって来て、人に傷を負わす「かまいたち」を連想する。

現代では「かまいたち」は砂嵐や、あかぎれによって傷を負ってしまったことを妖怪の仕業としていたのではないかという見方が強い。だが、Bさんの目撃談から考えると、妖怪としての「かまいたち」も実在していたのかもしれない。

情報提供者（Bさん）

利根川の竜 ―――― 潮来市

その昔、潮来市の周辺で何ヶ月も雨が降らなかったことがあったそうだ。村人は国中の僧侶を集めて、雨が降るように祈祷してもらったが、雨が降ることはなかった。

村には卜竜《ぼくりゅう》という名の僧侶もいたが、着ている服もみすぼらしいうえに、いつも食べるものがなく、村人から食べ物を恵んでもらっていたこともあり「くそ坊主」「こじき坊主」と散々な言われようだったそうです。

しかし、村で唯一、卜竜に優しくしてくれた甚兵衛という男に恩返しをしようと、卜竜は巨大な竜の姿に変化すると空へと昇っていき、雨が降ったそうです。

国中のどの僧侶よりも、村で馬鹿にされていた僧侶が奇跡を起こす力を持っていたという話。

出典元（「潮来の昔話と伝説」水郷民俗研究会）

片目のカタツムリ――石岡市

これは、筆者の母から聞いた話である。

母が小学生の頃、登下校中に通る竹山にいるカタツムリは全て片目であると教師から言われていたそうだ。教師が言うには、戦国時代に、その土地に住んでいたお姫様が、片目を矢で射られてしまい、そのまま竹山の中にあった井戸に身を投げたそうだ。それ以降、井戸の近辺に生まれるカタツムリは全て片目になってしまったというのだ。

片目のカタツムリが怖くて、母はいつも竹山の前を通る時は、逃げるように走っていたと言う。

筆者は、母から聞いたこの話の元ネタを調べてみようと、石岡市の民話や伝説が記録された資料を漁ってみた。

すると、「石岡の昔ばなし」（ふるさと文庫）に、石岡城の鈴姫が片目を矢で射られ、城中の池に身を投げたという話があった。そして、その結果、その池を泳ぐ魚は全て片目になったというふうに書かれている。

この片目の魚の話が、どこかで片目のカタツムリの話へと変化していったのだろう。

証言者（中沢てる江）

虫まき爺――龍ヶ崎市

Aさんがリビングでくつろいでいると、母がやって来て、「家庭菜園に虫が撒かれている。誰かの悪戯かもしれないから見張っておいてくれ」と頼んできた。

仕方なく、Aさんが家庭菜園の様子を見ていると、突然、空間に穴がぽっかりと開いて、中からまるで老人のような皺を刻んだ青白い手が飛び出してきて、庭に虫をばらまいたという。

穴はすぐに消えてしまったが、その真実を母に告げることは結局できなかったそうだ。

情報提供者（隼人さん）

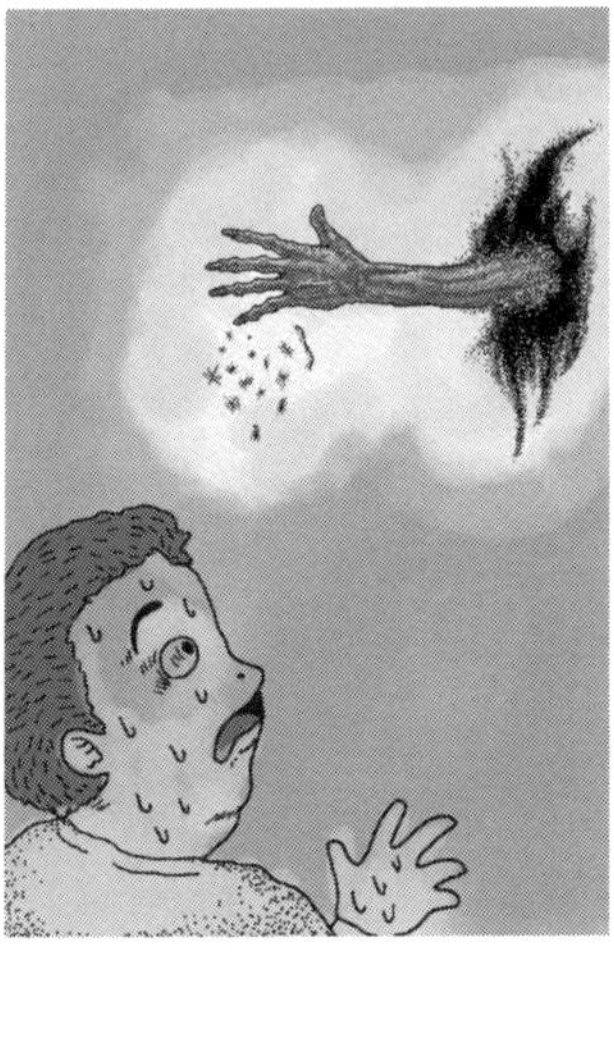

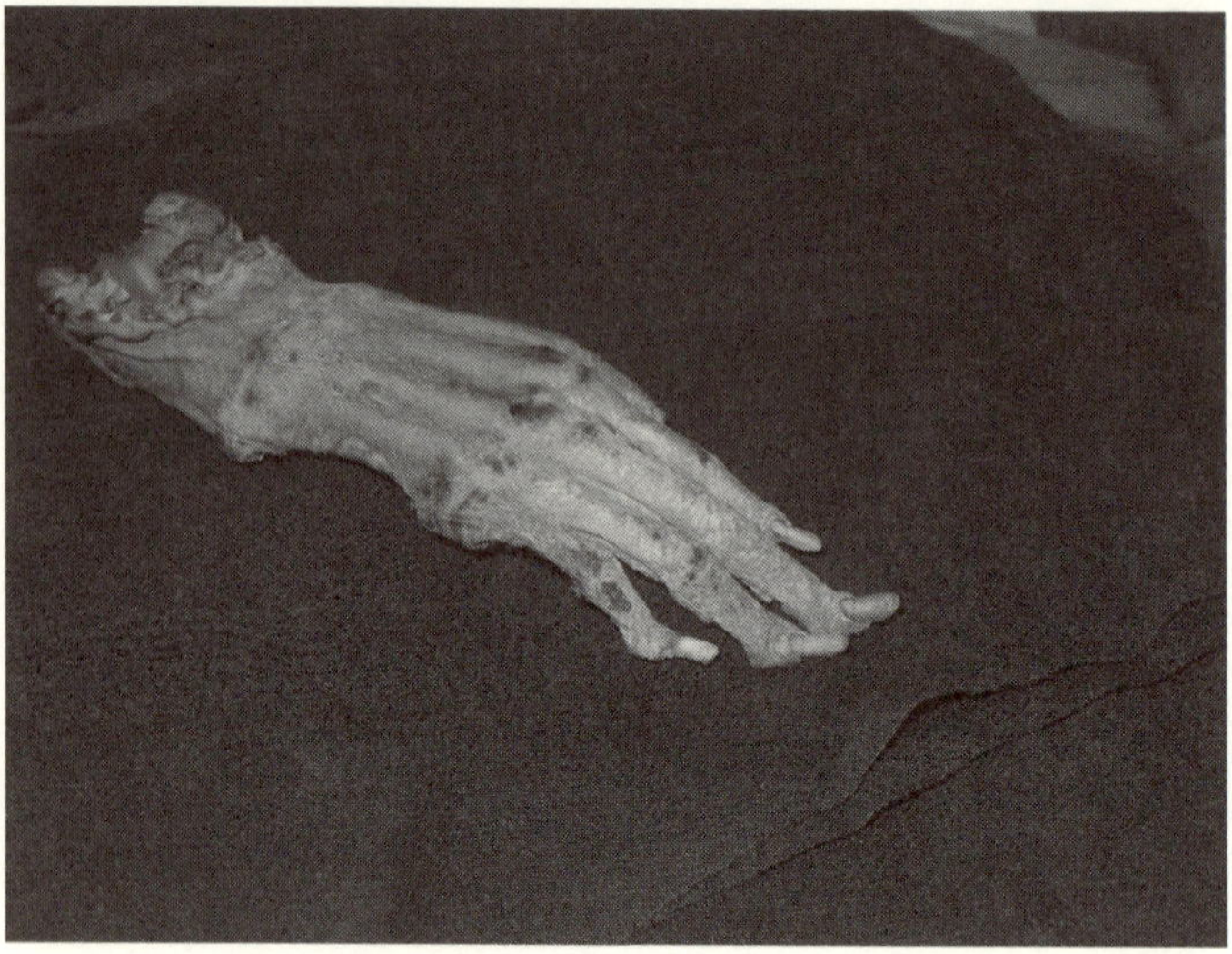

河童の手のミイラ――――土浦市

河童が侍に手を斬り落とされたという話は日本中に伝わっており、そのため河童の手のミイラも多くの場所で保管されている。

もちろん、河童伝説が多い茨城県も例外ではない。土浦市（佐野子町）の公民館には、河童の手のミイラが今でも大事に残されている。

上野動物園のスタッフが、この河童の手を鑑定したこともあったそうだが、その正体は特定できなかったらしい。

佐野子町では六月に「かっぱ祭り」を開催しており、このミイラが一般に公開されるのも、お祭りの時のみである。

出典元（「常陽リビング」二〇一二年五月七日）

龍魚　日立市

二〇〇四年に川崎市市民ミュージアムで開催された『日本の幻獣展』などで紹介されたことで、知名度も高いのが龍魚だ。

明治時代の新聞で実際に捕獲された際の様子も伝えられたこの龍魚は、大きさは二．四メートルほどで、葵の御紋、鶴、蝶のような模様を持つ。その模様が縁起のよいものばかりであったこともあり、吉祥魚として扱われた。

出典元（「本当にいる日本の未知生物案内」笠倉出版社）

アマンジャク　稲敷郡

天邪鬼（あまのじゃく、あまんじゃく）は日本全国に伝わる鬼の妖怪である。人の心を読むことが出来て、人の口真似をしていたずらをするのが特徴だ。茨城県の一部では、山彦を「アマンジャク」と呼んでいた。また木の精霊などもアマンジャクと呼ぶことがあったらしく、一般的には鬼の妖怪として広く伝わっている天邪鬼も地域によってはバリエーションがあったようだ。

出典元（「全国妖怪事典」小学館）

コラム4　茨城県の都市伝説

茨城県の現代妖怪について調べていくと、新しい都市伝説も次々と生まれていることが分かった。

考えてみれば、茨城県は日本を代表するメジャー都市伝説「人面犬」発祥の地でもある。

ここでは、茨城県で伝わるまだ比較的マイナーな都市伝説をいくつか紹介しよう。

この中から、人面犬のように全国的に話題になる都市伝説も登場するかもしれない⁉

○つくば市の地下には都市がある⁉

つくば市の地下には、戦車が何台も走れるような巨大トンネルがあり、そこを通っていくと地底都市に辿り着けるらしい。

つくば市で進められている科学の研究は、ＮＡＳＡをも凌ぐと一部では言われており、この地底都市も最先端の科学施設となっているようだ。

地底都市を作ったのは日本政府で、近い将来、茨城県に首都を移転する際の要が、このつくば市の地下都市であるとのこと。

単なる都市伝説であるかとも思われたが、この話を裏付ける証言者も存在する。ものまね芸人のバンドー太郎氏は、実際につくば市の地下トンネルに入ったことがあると語っているのだ。彼によると、つくば市の地下では遺伝子実験も行われており、三つ目の猿や二メートルサイズの鼠といった怪生物も目撃したとのこと。

つくば市の地下では、映画『ジュラシック・パーク』のように恐竜も既に復活させているという都市伝説もある。

○フランス語村
茨城県には、フランス語を公用語とする人々が住む謎の村が存在するらしい。不思議なことにその村の存在は地図にも記されていない。

○ジェイソン村
茨城県には、ジェイソンのような殺人鬼が潜む村もあると言われている。

○「茨城」の真の力は、封印されている⁉

茨城は旧字で書くと「荊城」となるが、この「荊」という漢字には、凄まじい力を抑える力が込められているという説がある。この話が本当なら、この地が「茨城」と名付けられたのは、何か巨大なパワーを封印するためであったのであろうか？

○謎の茨城テレビ放送局

茨城県でテレビを観ていると、不思議な番組を時々受信してしまうことがあるらしい。誰も知らない放送局が、茨城に存在するとでも言うのだろか？

フジテレビの人気番組『世にも奇妙な物語』と『ドラゴンボール』がコラボしたスペシャル版を観たという子供によると、死んだ悟空が永遠に生き返れないという内容でトラウマになったとのこと。また、終わってしまったはずの『笑っていいとも！』の放送も続いており、月～木曜日まではタモリが司会をしているが、金曜日だけは爆笑問題の太田光が司会をしているという話もある。個人的にはどちらの番組も面白そうなので、一度観てみたい。

○くさいくさい動物園

茨城県某所には恐ろしい悪臭を放つ大きなお屋敷がある。その敷地に入った人間が言うには、お屋敷の中では犬、うさぎ、馬、熊、サイ、ワニ、イグアナなどが飼われており、まるで小さな動物園のようであったらしい。

○宇宙生物入りガシャポン

茨城県では、宇宙生物をペットとして販売していたガシャポンが設置されていた。好奇心旺盛な子供が百円玉を入れてガシャポンを回しても、目玉を模したシール付きの粘土が出てきてしまうことがほとんど。だが、運が良ければ当たりとして、青い毛や緑色の毛を生やした宇宙生物入りのカプセルが出てくることもあるらしい。宇宙生物の名は「ウニーダ」と呼ばれている。

○タイムトンネル防空壕

茨城県某所にある防空壕を覗き込むと、戦時中の人間の姿が見えることがあるらしい。時空が乱れて、過去と繋がるタイムトンネルと化しているであろうか？

翼竜忍者――――――牛久市

牛久市立下根中学校の卒業生のKさんは、当時在籍していた野球部の生徒たちと巨大な鳥が飛んでいるのを目撃したことがあるという。

あくまでも目測であるが、その大きさは翼長七メートルほどあったと、Kさんは語る。

それから二十年ほど時が過ぎた二〇一六年、Kさんは再び空を飛ぶ謎の生物の撮影に成功した。

その写真を見たKさんは驚愕する。その飛行生物の頭部は、まるで翼竜プテラノドンそっくりだったのだ！

プテラノドンといえば、恐竜と同じ時代に生きた空飛ぶ爬虫類（誤解されている方も多いが、翼竜は恐竜とは別の種類の生物である）。まさか、現代まで生き残っているわけないと考えられる方も多いだろう。

しかし、実はプテラノドンや翼竜の生き残りなのではないかと言われている生物の目撃は世界中で起こっている。

この日本でも、大阪市内でプテラノドンを目撃した親子の証言が『誰も信じなくていい…でもボクたちは見た!!』（朝日新聞出版）で紹介されている。

さて、牛久の飛行生物の話はKさんがプテラノドンのような生物を撮影したところでは終わらなかった。Kさんの友人であるUさんも、空を飛ぶ奇妙な形状の生物を目撃、撮影したのである。Uさんはその飛行生物を「翼を生やした忍者のようだった」と証言している。

二人の撮った写真を見比べてみたが、私には同一の生物を撮ったものであるように思えた。

便宜上、私はこの生物を「翼竜忍者」と名付けた。牛久市に出かけることがあったら、是非とも空に注目して、この生物が飛んでいないか探してみてほしい。

証言者（牛久市在住・Kさん）

1
2
8

ウシジナー――――――――龍ヶ崎市

河童がいる沼として有名な牛久沼。

実はこの沼では、近年になっても怪しい生物の目撃が相次いでいる。牛久市在住の映画監督である飯塚貴士さんは、沼に赤い毛のかたまりのようなものが浮上してきたのを目撃して、撮影に成功した。

赤い毛のかたまりはすぐに沼に沈み、そのまま浮上してくることは無かった。一体あれは何だったのか？　今でも不思議で仕方ないと飯塚さんは語る。

今でも牛久沼には河童が生きているのだろうか？一般的には河童といえば、全身緑色で、頭に皿を乗せた姿を連想するだろう。

だが、河童のビジュアルは時代と共に統一されていったが、本来は地方によってバリエーションも豊富であった。（そもそも河童とは呼ばれていなかったものが、いつの間にか河童と呼ばれるようになっていった場合も少なくない）例えば、河童伝説で有名な岩手県遠野市の河童は顔が真っ赤である。

筆者は、牛久沼に現れた赤い毛の生物を、沖縄の精霊キジムナー（全身が真っ赤で髪も赤いと言われている）とも近い存在だと考え「ウシジナー」と名付けた。

なお、牛久市在住の漫画家あすかあきお氏の情報によると、牛久沼では「ウッシー」と呼ばれる巨大生物の目撃もあるらしい。

牛久沼は、元々は「大田沼」という名前であったのが「沼が牛を喰った」という話が伝わり、今の名になったという話もある。昔から、この沼には未知の巨大生物や、不思議な力を使える妖怪がたくさん潜んでいたのかもしれない。

証言者（飯塚貴士さん）

狐狸件のミイラ

河童や人魚、鬼や雷獣といった妖怪のミイラをテレビや書籍で見たことがある人は多いと思う。

空想上の存在だと思われていた妖怪。だが、ミイラがあるということは、妖怪は現実に存在していたのかもしれない。

……もっとも、妖怪ミイラのほとんどは人が見世物として人工的に作った物であることは判明してしまっている。

複数の動物の体を繋ぎ合わせて、まるで妖怪のようなミイラに作りあげているのである。

昭和初期の頃に「大妖怪展」というイベントが開催された。チラシには三頭竜、猫人魚、狐狸件という三種類の妖怪のミイラが公開されると書かれている。面白いのはこのチラシには、妖怪のミイラがそれぞれどこで作られたものであるかが書かれているという点だ。

例えば、三頭竜は「群馬県特産」、猫人魚は「栃木県特産」と、はっきり書かれている。

そして、狐狸件のミイラは、茨城県の特産物である。

かつては日本中に妖怪のミイラを作る職人がいて、その完成度を競っていたのだろう。

狐、狸、件という三つの化ける動物の能力を合成した「狐狸件」は、大妖怪展に足を運んだお客さんたちを大いに驚かせたに違いない。

残念ながら、狐狸件のミイラは、現物も写真も残っていない。読者の方にはイメージが湧きやすいように、同時代に作られたと思われる代表的な妖怪ミイラの写真をここに公開しておく。

出典元（「日本の幻獣図譜」東京美術）

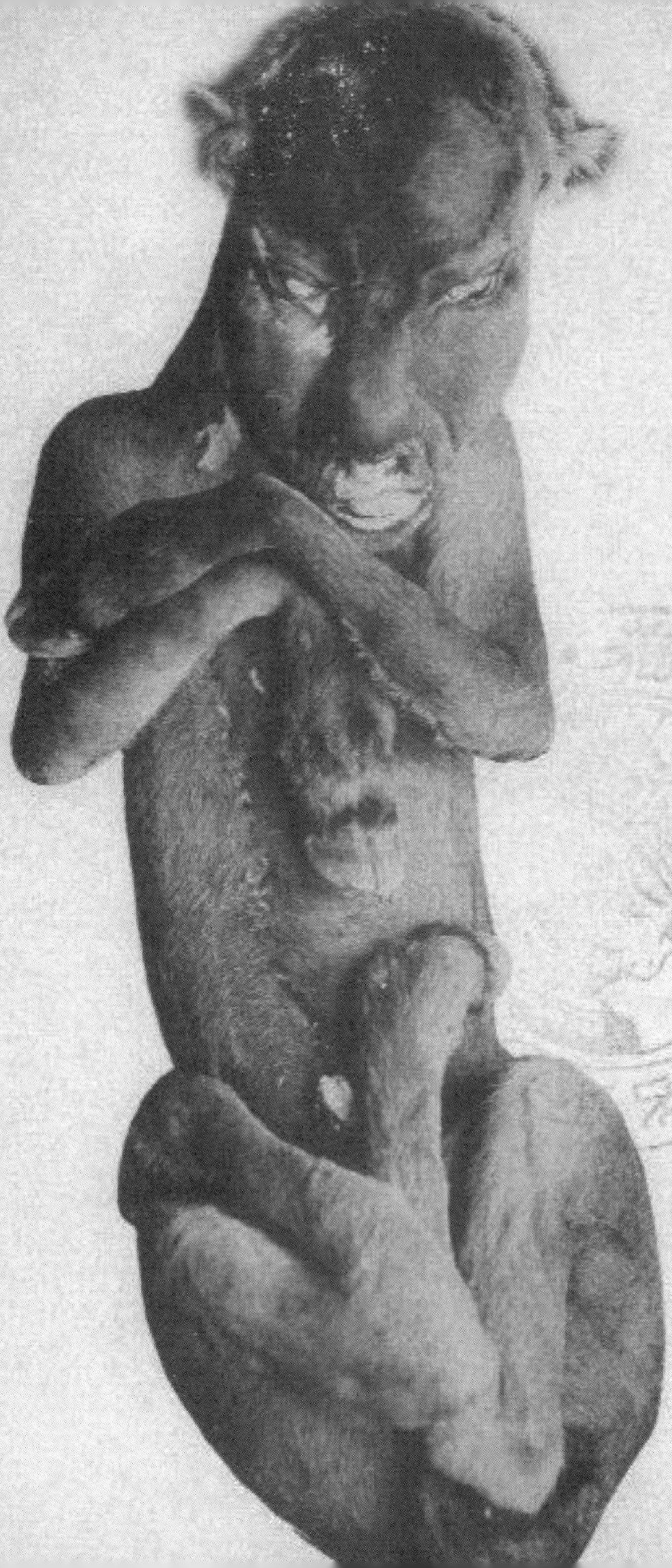

光の柱――日立市

宇宙飛行士のエドガー・ミッチェルは、アポロ14号に乗って宇宙へ飛び立った際に、不思議なものを目撃している。

宇宙から地球を眺めると、物凄い光を放っている場所があったというのだ。地球に帰還したミッチェルが、その緯度・経度を計測したところ、光を放っていたのは茨城県日立市にある御岩神社の辺りであることが分かった。

また、日本人初の女性宇宙飛行士である向井千秋も、宇宙から地球を眺めた際に、「日本に光の柱が立っていた」「その場所を調べたところ、日立の辺りだった」と証言している。

宇宙からも観測できるような光を放っているというのはスケールの大きな話だ。ミッチェルや向井千秋の話では、他にそのような場所も無かったようなので、日本どころか、世界でもっとも巨大なパワーを秘めている場所が日立市である可能性すらあり得る。

都市伝説研究家の早瀬康広は、御岩神社に取材で訪れた際に、宮司に「宇宙から見たら、ここから光の柱が見えたという話もあるのですが、本当だと思いますか?」と聞いてみた。

宮司の答えは肯定でも否定でもなく「それは答えられない」というものであったという。

早瀬は、宮司は御岩神社に隠された不思議なパワーの存在を知っていて、そのうえで隠しているのではないかと考えている。

出典元（「都市伝説 オカンとボクと、時々、イルミナティ」Ｐｏｄｃａｓｔラジオ 二〇一八年十月十七日配信）

累《かさね》 ——常総市

「四谷怪談」と並んで知名度が高い、代表的な怪談といえば「累ヶ淵」だろう。

茨城県常総市に流れる「鬼怒川」沿岸を、かつては累ヶ淵と呼んでおり、この怪談話は茨城を舞台にした話だったのである。

「四谷怪談」と同じように、この怪談も、歌舞伎や落語、狂言に浄瑠璃といった様々な媒体で語り継がれた。

話にもいくつかのバリエーションがあるが、代表的な話を一つ、ここでは紹介しよう。

一五九六年頃のことだ。常総市に与右衛門という農民がいた。与右衛門は、助《すけ》という名前の女の子を連れた未亡人を妻に迎えた。だが、助の容貌は醜く、身体も不自由だったので、与右衛門は助を殺して鬼怒川に捨ててしまう。その後、与右衛門は新しい子供を作り、塁《るい》と名付けた。

しかし、塁も、助と同じように醜い姿だったので、村人は「るい」と「すけ」を重ねて「累」と呼ぶようになった。

与右衛門夫婦は若くして亡くなり、その後、塁は一人の男と結ばれる。男は二代目与右衛門を名乗ることになった。

だが、二代目与右衛門は、塁に飽きてしまい、鬼怒川に彼女を突き落とし殺してしまう。与右衛門は、それを事故として役所には届けた。その後、新しい妻として、おきよという娘を迎え入れた。

おきよは、おきくという娘を生んだ。

成長したおきくが、狂乱状態で騒ぎはじめた。それは累の霊が取り憑いたことが原因らしく、おきくの口を借りて、与右衛門によって、自分が鬼怒川で殺されたことを暴露した。

累の霊を慰めるために、百万遍の念仏供養を行ったところ、累はやっと成仏した。

だが、その後、おきくは再び狂乱状態に陥る。今度は先代の与右衛門が殺した助の霊が取り憑いてしまったらしい。助のことも供養をしてやると、その後は、おきくが狂乱することも無くなったという。

出典元（『日本妖怪大事典』KADOKAWA）

スカイフィッシュ――土浦市

スカイフィッシュは九十年代に入ってから話題になった、比較的近年になってから存在を知られたUMAである。

棒状の体に帯状のひれを持つ姿をしているが、最大の特徴はその移動速度にある。

スカイフィッシュはあまりの高速で飛行しているため、肉眼でその姿を捉えることは難しいのだ。そのため、映像をスローモーションで確認することで、ようやく姿を確認できると言われている。

このスカイフィッシュは茨城県でも目撃されている。いや目撃どころの話ではない。一時的にではあるが、スカイフィッシュが捕獲されたという事件が茨城であったのだ。

スカイフィッシュの捕獲に成功したのは動物研究家のパンク町田氏。

土浦の川沿いで、鷹狩りを町田氏が行っていたところ、鷹が奇妙な生物を捕まえた。その生物の姿が、世間で言われているスカイフィッシュそっくりであったという。

町田氏は動物の専門家であり、既存の生物の誤認の可能性は低い。スカイフィッシュ捕獲という歴史的快挙であったが、その後、スカイフィッシュは高速で逃げてしまった。

土浦の川沿いで撮った映像をお持ちの方はスロー再生してみてほしい。ひょっとしたら、そこには、スカイフィッシュの姿が映っているかもしれない。

出典元（「東京スポーツ」二〇一九年二月十八日）

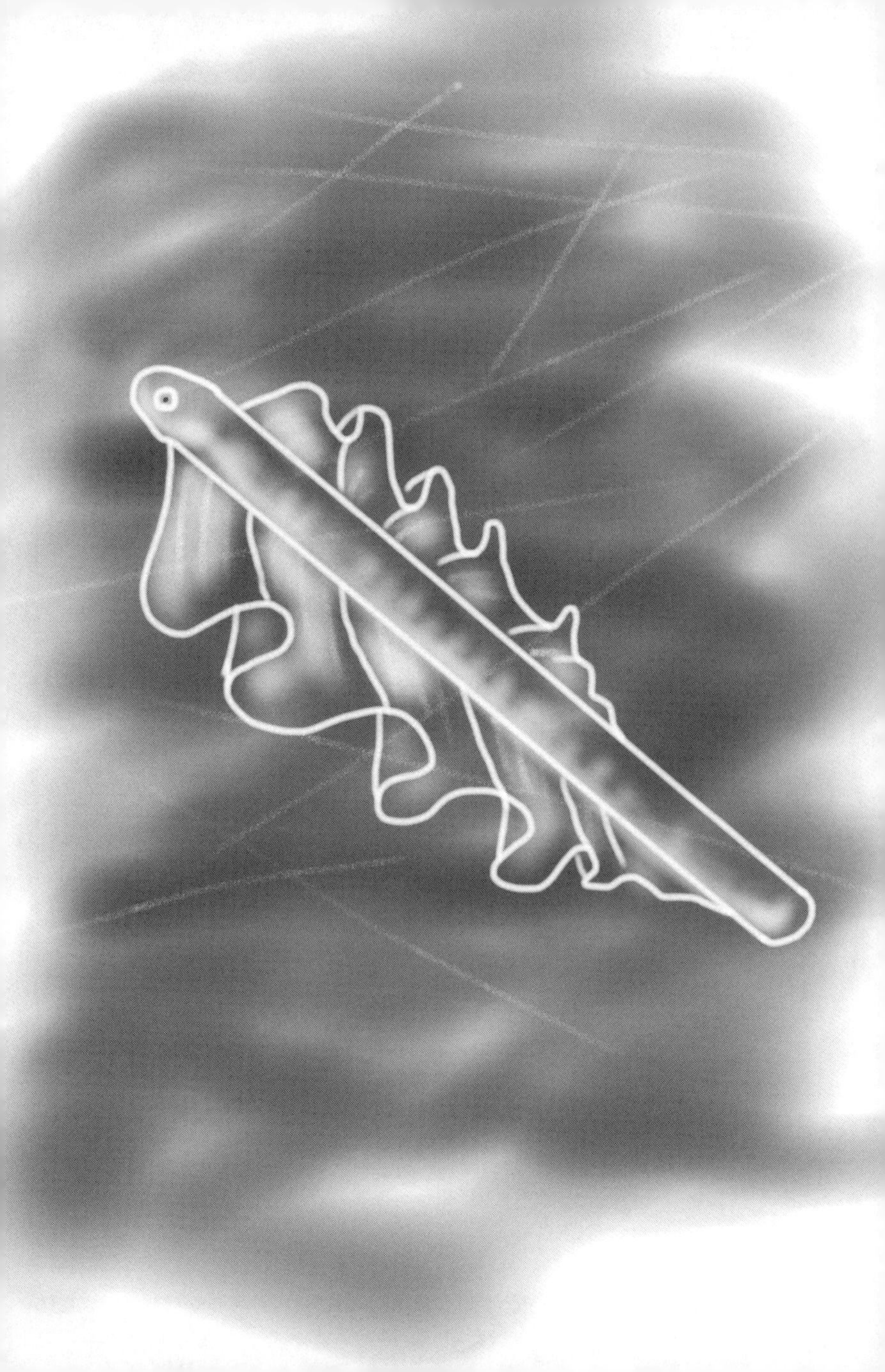

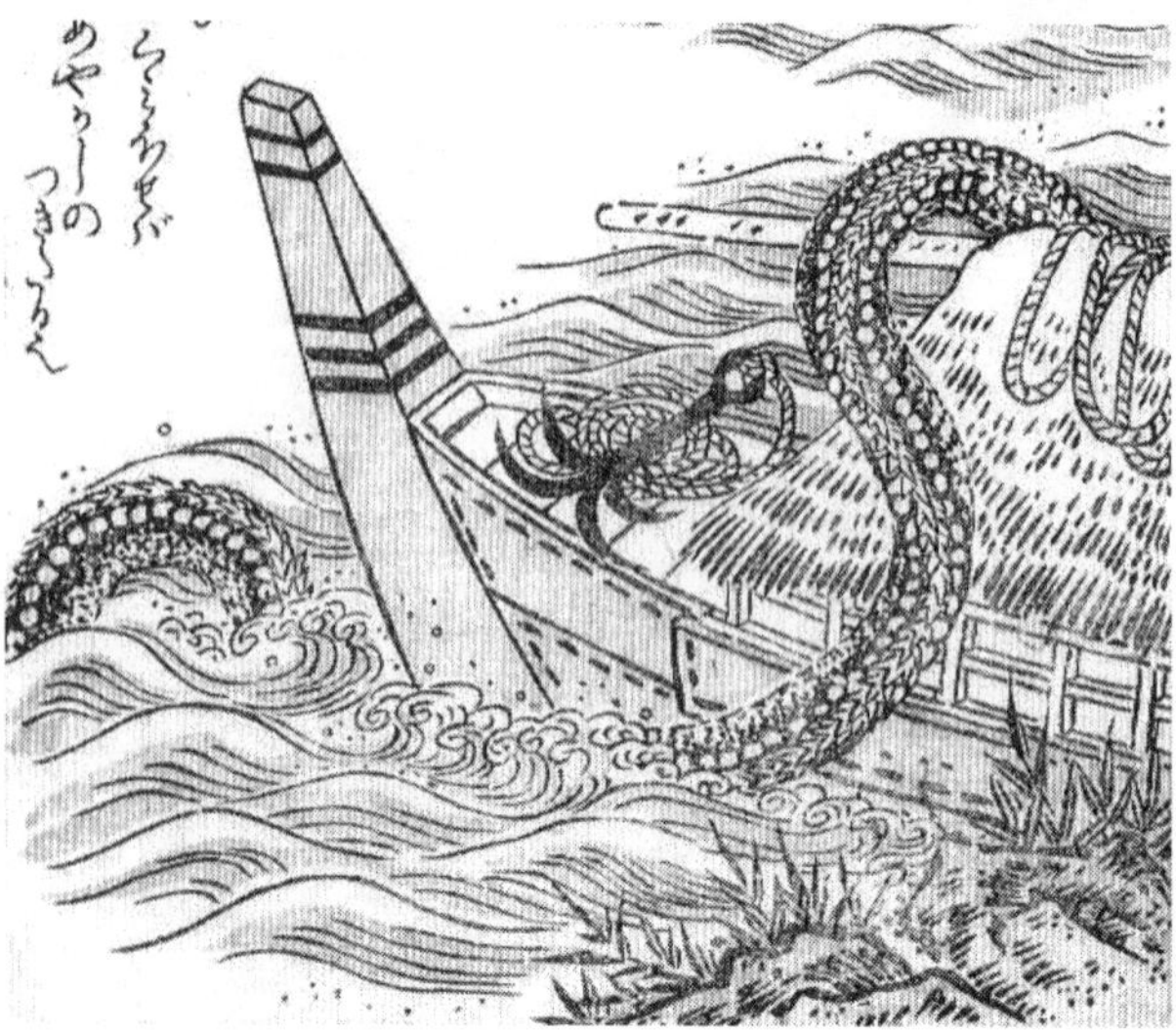

イクチ ―― 茨城沖

かつて、茨城県の外海で幾度も目撃された巨大な海の妖怪がイクチだ。姿は、ウナギのようだが、とにかく巨大で伝承によると数百メートルはある。

江戸時代に描かれたイクチの絵を見ると、世界中の海で現代も目撃が続いている巨大なウミヘビ型UMAシーサーペントのことも思い浮かべてしまう。

イクチは単なる伝説ではなく、実際に目撃された海の巨大生物だったのではないか?

また、日本の水棲獣型UMAの中でも特に知名度が高いイッシー（鹿児島県の池田湖で目撃）の正体は大ウナギであるとも言われており、実際に池田湖では二メートルほどのウナギが捕獲もされている。

こうしたことから考えても、イクチは現在で言うところの未確認生物の一種であると考えていいと思われる。

出典元（「本当にいる日本の未知生物案内」笠倉出版社）

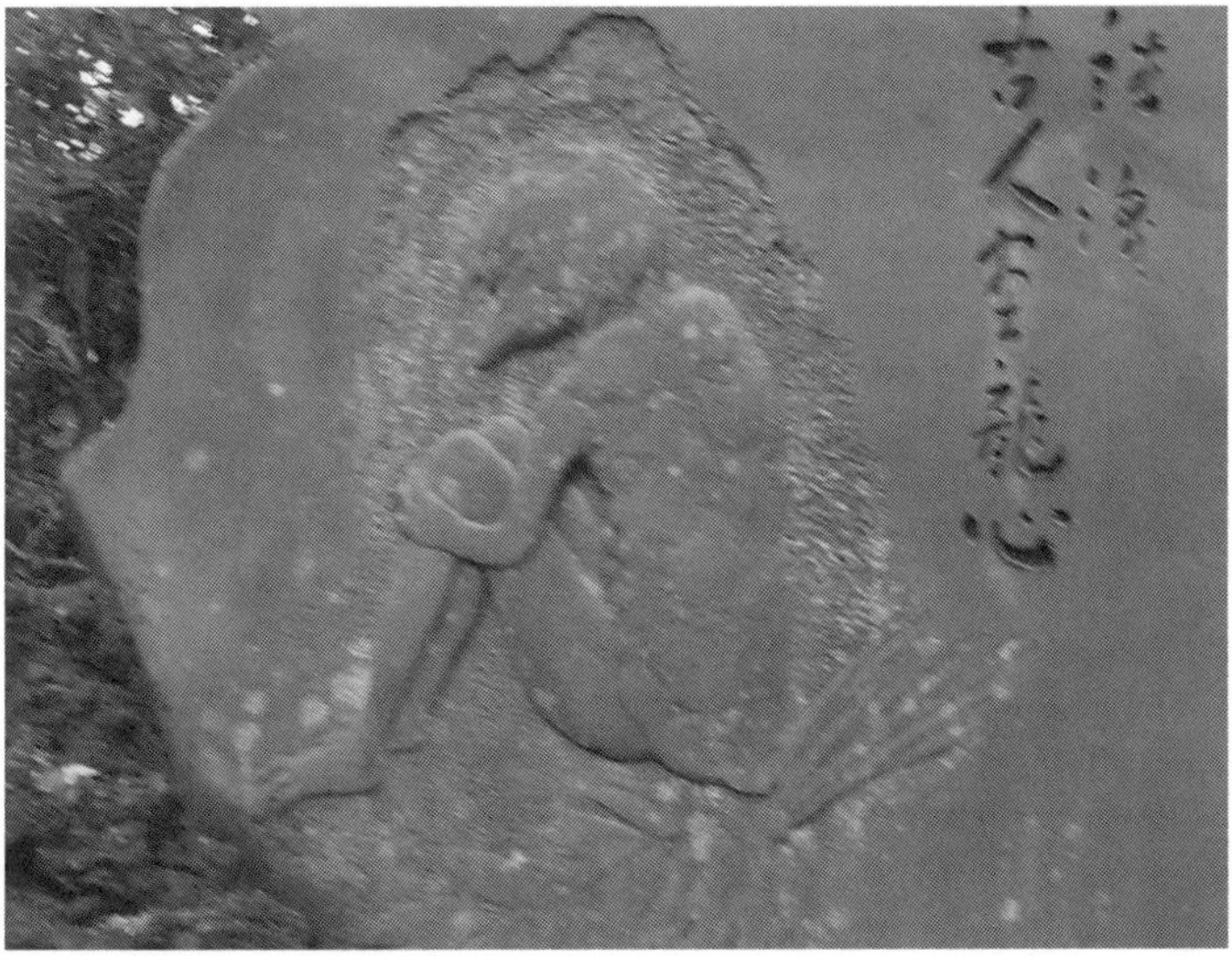

牛久沼の河童 ——— 牛久市

河童は日本各地に伝わる、日本を代表する妖怪である。河童が出る場所として、有名なのが牛久沼。

河童が伝わっている他の場所では聞かないエピソードとしては、いたずらをしていた河童を捕まえた農民が、河童を縛り付けたという松の木——通称「河童松」なるものも残されている。

伝説によると、河童は松の木に縛られ、暑い夏の日差しで河童の皿の水は干し上がっていった。河童は村人に泣きながら「これからは悪いことはしません」「今までの罪ほろぼしにお百姓さんの役に立つことをさせてください」と詫びた。村人たちは河童を許してやり、沼へ戻してやったのだという。

筆者も実際に、その河童松まで取材に足を運んでみたことがある。だが、河童を実際に縛り付けた松の木は昭和三十年に枯れてしまい、今はその場所に新たな松の木が植えられていたのであった。新しく植えられたということは、もはや、それはただの松の木ではないのかとも思うのだが、二代目河童松も、地元の人々からは愛され続けている。

出典元（「牛久むかしばなし河童松」牛久市立中央図書館）

カエル男——筑西市

筆者の妹は、小学生の頃に不気味な怪物を目撃している。

家にいる時に、外から視線を感じて、窓のほうに目をやると、両生類のような皮膚を持つ怪人が覗き込んでいたという。

妹は「宇宙人を見た」と語り、怪人のイラストも描いている。

後に、オカルト研究家の山口敏太郎氏に、その絵を見てもらったところ、「これは、フロッグマン（カエル男）にそっくりだ」と語った。

カエル男とは、アメリカのオハイオ州で目撃されている怪人タイプのUMAである。最初の目撃は一九五五年で、その後も時折目撃されている。

UMA好きの間ではそれなりに知られた存在ではあるが、一般的に知名度が高い怪物では決してない。筆者の妹が、アメリカのUMAそっくりの怪物を目撃していたのは不思議だ。

果たして、アメリカから茨城に、カエル男は渡ってきたのであろうか？

証言者（筆者の妹より）

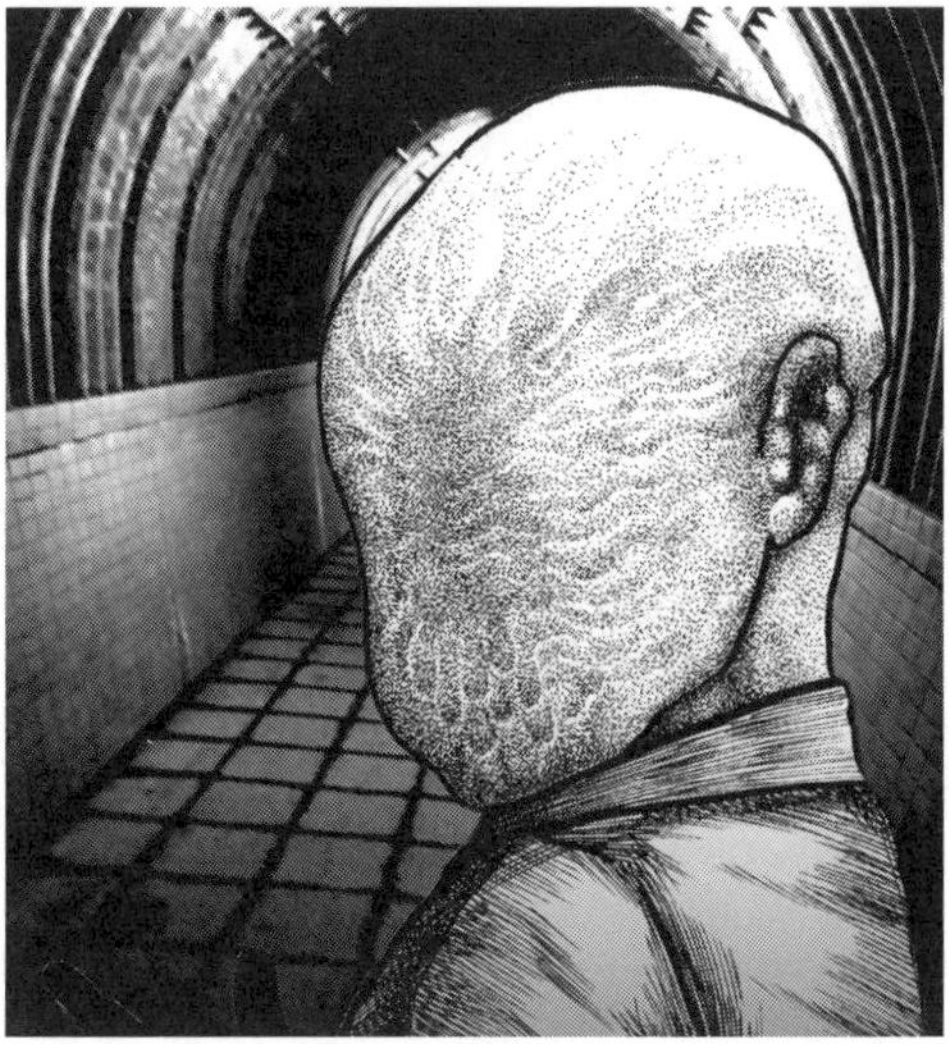

のっぺらぼう ——— 八千代町

目、鼻、口がない平らな顔を持つ妖怪のっぺらぼう。非常に知名度が高い妖怪であるが、茨城では昭和の初期頃まではよく現れていたという話がある。

八千代町に住むYさん（三十三歳）は、亡くなったお婆ちゃんから、「昔はこの辺に、のっぺらぼうがよく出た」と聞いていたという。

のっぺらぼうだけでなく、「のっきらぼう」という名の弟もいたとお婆ちゃんは話してくれたらしいのだが、のっきらぼうの特徴は聞いていなかったので分からないのだそうだ。のっぺらぼうと同じように、のっきらぼうにも目や鼻、口は無いのであろうか。

情報提供者（Yさん）

コラム5　水木しげる先生から学んだこと

妖怪と霊の定義は曖昧なところもあるが、茨城県では霊にまつわる話も非常に多く、全国的に有名な心霊スポットも多数存在する。

本書の中でも、そういった霊のうちのごくわずかは「妖怪」の一種として紹介させてもらった。

筆者は幼い頃から心霊スポットと呼ばれるところに足を運び続けていた。確実に「霊」や「あの世」が存在すると断言することは出来ないが、霊が本当に存在してくれていたら嬉しいという思いはある。

霊を扱った書籍やテレビ番組などでは、恐怖を売りにするのが定番であるが、死んでしまったら何もかも終わりで「無」になってしまうという考えのほうが、よっぽど怖いではないか。

確かに、こういう仕事をしていると、背筋がゾッとなるような怖い幽霊の話に触れる機会もあるのだが、霊だって、元々は生きた人間なのだと思えば、怖い者もいれば、そうじゃない者もいるだろう。それが筆者の考えであり、いたずらに霊を恐れすぎるのは良くないと思っている。

水木しげる先生の作詞による有名な『ゲゲゲの鬼太郎』の主題歌では、「お化けは死なない」というフレーズがある。実際には『鬼太郎』の中でも死が描かれる妖怪は少なくないのだが、人と違って永遠に生き続けることをポジティブに歌うこの主題歌が、自分は大好きだ。

死んだ後も墓場で運動会できる未来を夢見て、お化けの研究を怖がりながらではなく、楽しく続けていきたい。

それが水木先生の影響で妖怪を愛するようになった自分の基本姿勢である。

水木作品から学んだ、妖怪との付き合い方でもう一つ大切にしていることがある。それは『鬼太郎』の中で、ねずみ男が口にする名台詞「けんかはよせ 腹がへるぞ」というものである。映画『妖怪大戦争（平成版）』でも水木しげる先生自身が演じられた妖怪大翁は同様の言葉を口にしているが、私もまったく喧嘩せずに生きていくのは難しいとしても、妖怪やお化けのことくらいでは喧嘩はせずにいたいと常に思っている。

趣味や仕事で妖怪に関わっていると、妖怪に関することで争っている人を見かけることも多くあったし、自分も悪く言われたことはある。だが、少なくとも私はお化けのことでは喧嘩は極力しないをモットーとする。

自分の身の回りで、お化けに関係することで喧嘩したり、誰かの悪口を言っている人がいたら「そんな怒らないで、もっと妖怪を面白がりましょうよ」と口にするのが自分の役割だと思っている。

自分が仲裁に入ったところで止められない場合も多々あるのだが、それが僕の水木しげる愛であり、妖怪愛の証なのだ。

※水木しげる先生の大ファンである筆者は、東京都調布市に暮らしている。自宅から徒歩五分ほどの場所には「鬼太郎ひろば」なる公園もあり、憩いの場にしている。

傘化け——筑西市

一つ目で一本足を持つ傘のお化けは、河童や天狗と並んでその姿を誰でも知っているメジャー妖怪と言っても良いだろう。

漫画やアニメなどでも定番の妖怪であるが、江戸時代の頃から、傘化けを描いた絵や、傘化けを模した玩具などは存在している。どこかユーモラスな印象もあり、恐怖の存在というよりは、子供たちの友達のように表現されることも多い。

とはいえ、二十一世紀にもなって、傘化けが実際に目撃されるようなことは無い……と、筆者も思っていたのだが、二〇一八年に傘化けを目撃したという少年が茨城県（筑西市）にいた。

筑西市立伊讃小学校に通う大山繕くんは、自宅の玄関から七十メートルほど離れたところに見慣れぬ古い傘があることに気付いた。すると、傘は、その場でぐるぐると回転し出して、そのまま繕くんの目から逃げるように遠くまで移動してしまったらしい。

念のため補足すると、この日は強い風などは特に出ていなかった。傘が自らの意思で動いているようにしか思えなかったと、繕くんは語っている。

現代でも目撃されることが意外と多い河童などと比べると実際の目撃談は少ないが、傘化けは今でも生き残っているようだ。

証言者（大山繕さん）

せいえむどん――水戸市

その昔、水戸の山の中で道に迷った飛脚がいた。山犬や猿、狐などが飛脚を喰ってやろうと襲ったのだが、刀で斬りつけられてしまう。

飛脚に勝てないと悟った獣たちが頼ったのが「せいえむどん」と呼ばれる大きな化け猫であった。

結局、せいえむどんも刀を持って抵抗する飛脚を喰うことは出来なかったのだが（この飛脚、相当腕が立つようだ）、山犬や狐からも頼られている化け猫がいるというのは面白い話だ。

普通に考えたら猫よりも山犬のほうが獰猛だし、狐は人を化かす動物の代表格である。

だが、この山の中では化け猫が一番強いのだ。

ちなみに「せいえむどん」というのは、この猫が普段化けていた人間のお爺さんの名前だったらしい。

飛脚が町に出た後に、せいえむどんという名の老人が住む家を訪ねると、刀の切り傷がしっかりと残っていたそうだ。

人間に化けて、人間社会に溶け込むのは良いが、化け物たちの間では別の名前を使っておいたほうが良かったかもしれない。

化け猫の話も日本各地であるが、筆者の元に最近届いた話を一つ紹介しよう。潮来市の小学校に通うYちゃんは、ペットショップで猫を飼ってもらう約束をお母さんとしていた。ある日の下校中、Yちゃんはオレンジ色の球体が空を飛んでいるのを目撃する。「UFOか?」と思ったが、次の瞬間、球体の中から全身が光り輝く二足歩行の猫が現れた。猫は、Yちゃんの脳内に「保健所にいる私を飼ってくれたら、Yちゃんを幸せにする」と語りかけてきたという。

その後、Yちゃんは県内の保健所で保護されていた猫の里親になったそうだ。筆者もその猫に会ったことがある。光り輝くことも、二足歩行することもない、ごくごく普通の猫であったが、とても愛らしい顔をしていた。せいえむどんのように人を襲う化け猫だけじゃない、こんな素敵な化け猫も茨城にはいたのである。

出典元（『水戸の民話』暁印書店）

人面犬――つくば市

人間そっくりの顔を持つ不気味な犬、その名も人面犬。

この人面犬は昭和の終わりに（八十年代後半から九十年代前半にかけて）大ブームを巻き起こした。「口裂け女」や「トイレの花子さん」と並ぶ日本の代表的な都市伝説妖怪であると言えるだろう。

人面犬に関しては複数の人間が「自分（または知人）が作った都市伝説」であると主張している。有名なところでは、爆笑問題の田中裕二や、俳優の的場浩司も、それぞれ人面犬の話を作ったのは知人であるとテレビやラジオで語っている。他にもテレビや雑誌の関係者が「自分が人面犬の話を作った（または広めた）」と語っているのだが、実は人の顔をした犬が現れたという話は既に江戸時代の頃から存在していたのである。どうにも昔から、人間は人面犬という存在に心惹かれていたようだ。

古くから語られ続けてきた人面犬は、その正体についても多くのバリエーションが存在しており、人間の魂が憑依した犬であったり、環境汚染によって生まれてしまった奇形の犬や、宇宙人のペット、人面の妖怪などとも言われている。

また茨城県つくば市では、遺伝子操作によって新種の生物を作り出しているという都市伝説があり、人面犬の発祥は茨城県にあるという説もある。実は茨城県は人面犬のバリエーションも非常に多い。映画『グレムリン』に登場したモグワイにそっくりな顔をしたグレムリン犬、漫画『ドラゴンボール』に登場したセルにそっくりな顔をしたセル犬、カラスの顔を持ったカラス犬といった話まで広まっていた。

こういった人面犬の亜種が多く生まれたのも、つくば市で遺伝子操作による新生物が作り出されているという都市伝説がベースにあったからなのであろう。

また、つくば市では、犬の顔をした人間「犬人間」を見たと語る子供たちもいた。もしも、これらの話がただの都市伝説ではなく、事実だとしたら、人面犬や犬人間は何を目的に生み出された生物なのか気になるところだ。

出典元（「本当にヤバい!! 昭和の都市伝説大全集」宝島社）

監視カメラ
警報装置 作動中
monitoring camera
alarm system in operation

雪女 ——— 常陸太田市

日本全国に伝承がある妖怪。

ラフカディオ・ハーンの『怪談』や、黒澤明監督の映画『夢』などでも、雪女をメインに扱ったエピソードがある。

ラフカディオ・ハーンの『怪談』で人の命を奪う雪女の話が広まったこともあり、恐ろしい妖怪であると認識している人も多いが、雪の中に現れたのを目撃されるだけの妖怪として語られていた話のほうが実は多かった。

雪女が、人に危害を加えるような話は、むしろ珍しかったのである。

さて、茨城県に伝わる雪女は、その珍しかった「人に害を与える話」も伝えられている。

雪女は、行き会った人に声をかけるのだが、それを無視されると谷底に落としてしまうというのだ。

（雪女を無視しなければ、何もされない）

茨城県で雪の降る中、女性に声をかけられたら、無視はしないように気を付けよう。

出典元（「図解雑学日本の妖怪」ナツメ社）

小栗判官《おぐりはんがん》――筑西市

江戸時代に大流行した人形浄瑠璃や歌舞伎の演目「おぐり」の中でも活躍が描かれた伝説の英雄が、小栗判官だ。伝説にはいくつかのバリエーションがあるが、一度は殺害されてしまうが、閻魔大王の力で蘇ったり、竜から「鬼鹿家」という名の名馬を授かり、戦で活躍したりと不思議な逸話も多い。

筑西市には、小栗判官が一目惚れした美女に化けた大蛇が棲んでいたという池、その名も「うわばみ池」もある。

平成元年からは、小栗判官伝説を再現したお祭りが、毎年十二月の第一日曜日に行われてもいる。

出典元（「ちくせい魅力散策ＭＡＰ５」茨城県筑西市　「てるて姫」読み聞かせの会）

王

日和坊

鳥山石燕の『今昔続百鬼』で、初めて紹介された茨城県の山奥に出現したとされる妖怪である。

日和坊が山の岩肌に現れると空が晴れる。日和坊が姿を消すと雨が降ったり、曇りになったりする。

アニメ『ゲゲゲの鬼太郎』の劇場版でも、筑波山のふもとで猫娘が日和坊と出会うシーンが描かれるなど、妖怪ファンの間では比較的知名度も高い。そして、この日和坊は、妖怪ファン以外にとっても実は馴染深い妖怪なのである。

というのも、皆も一度は吊るしたことがあるであろう「てるてる坊主」は、日和坊の霊を祭ったものであると言われているからだ。

多くの人が知らないうちに、日和坊という妖怪に晴れを願っているのである。そう考えると、日和坊は、日本を代表するメジャー妖怪の一体であると言っても過言ではないとも思う。

てるてる坊主といえば、茨城県の那珂市では、九十年代に不思議な目撃談が起きている。タケノコを収穫するために庭の山へ入ったBさんは、大きく成長した竹が自然と真っ二つに割れるのを目撃した。すると、竹の中から真っ白なてるてる坊主のようなものが無数に飛び出し、そのまま空へと飛んでいったというのだ。

どうして竹の中から、てるてる坊主が出現したのかは分からない。ひょっとすると、その竹山から、日和坊のいる山まで飛んでいったのであろうか？日和坊の伝説がある茨城で、てるてる坊主にまつわる不思議な出来事があったというのは、とても興味深い話だ。

出典元（『日本妖怪大事典』ＫＡＤＯＫＡＷＡ）

日《ひ》和《より》坊《ぼう》

常州《じやうしう》の深山《しんざん》にあるよし
雨天《うてん》の節ハ見《み》えずして
日和《ひより》なれバ形《かたち》あらはるゝと云
今婦人《ふじん》女子《ぢよし》てるてる
法師といふものを紙にて
つくりて
晴《はれ》をいのるハ
この類《るい》
を祭《まつ》る
なる
にや

トイレの花子さん

日本中の小学校で怪談として語られる妖怪（幽霊）。誰もいないトイレで、ある方法（方法には各地でバリエーションがある）で呼びかけると『花子さん』から返事があると言われている。

その姿は、白いワイシャツに赤いスカートを履いたおかっぱ頭の女の子として語られることが多い。茨城県の小学校でも大抵はその姿で語られているが、なかには変わり種もいる。

それが、まるで「フランス人のような目と髪をしたトイレの花子さん」である。この変わった姿の花子さんは筑西市にある新治小学校で、九十年代前半に語られていた。

もっとも日本人らしい名前を持ちながら、フランス人のようなビジュアルのトイレの花子さんの話が広まった理由は謎である。

出典元（「怪談・呪い屋敷～実話恐怖物語」TO文庫）

ダイダラボウ――水戸市

茨城県には、巨人にまつわる伝説が多く残されている。その中でも有名なのが、水戸のダイダラボウだ。

水戸には高さ十五メートルのダイダラボウの像があるのだ。このダイダラボウ像は、中に入ることも出来て、展望台にもなっている他、茨城の巨人伝説にまつわる貴重な資料も展示されている。

またダイダラボウ像の近くには、巨人の足跡を模して造られた池などもある。

しかし驚くべきは、十五メートルもある像も、伝説のダイダラボウと比べたら、だいぶ小さく作られているということだ。何せ、足跡一つを見ても幅が三十六メートル、長さは七十二メートルもあったというのだから、想像を遥かに超える巨大なスケールの妖怪だったのである。

ちなみに、ダイダラボウ像が作られた場所は、書物に記録されているものとしては日本最古の貝塚である「大串貝塚」のある場所でもある。

この貝塚を発見した人々は、ダイダラボウがハマグリを食べた際に捨てた貝殻が山のように積み重なったものだと考えたそうである。

ダイダラボウは、丘の上から海辺まで手を伸ばしてハマグリを取っていたらしいが、この場所から海辺までは五キロ以上も離れている。このことからも、いかに巨大な姿を想像されていたのかがよく分かる。

出典元（「茨城県の民話」偕成社）

ダンデェさん――稲敷市

大田魔神――利根町

ダイダッポウ――ひたちなか市

デーダラボウ――日立市、常陸太田市、城里町

ダイダラボッチ――つくば市、古河市

デーナガボウ――潮来市

巨大なダイダラボウ像が設置されている大串貝塚ふれあい公園。

ダイダラボウ像の中に入ると、茨城県に伝わるダイダラボウ以外の巨人についても紹介されている。茨城の妖怪伝説を調べるうえでは外せないスポットである。

一口に巨人と言っても、地域によって名前にもこれだけバリエーションがあるのは面白い。

ダンデェさんや大田魔神などは名前だけ聞いたら、巨人以外の姿を連想しそうになるくらい個性派だと思う。

出典元（大串貝塚ふれあい公園）

?の木――水戸市

大串貝塚のダイダラボウ伝説調査に向かった筆者が発見した不思議な木を見てほしい。

貝塚跡にあった木の樹皮に生えていた苔のかたちが「?マーク」のように見える。

自然に、この形状になったのだと思うと、何とも不思議な気持ちになる。

大自然から人類に対して、何か疑問を投げかけているのであろうか?

証言者（筆者）

赤小豆洗い ―――― 水戸市

川原でショキショキと音を立てて洗う妖怪が、小豆洗いだ。

小豆洗いは『ゲゲゲの鬼太郎』にも登場していたり、二〇〇五年に公開された映画『妖怪大戦争』では、ナインティナインの岡村隆史が小豆洗い役で出演。ただ小豆を洗うだけという地味な妖怪の割には知名度も高い。

小豆洗いの伝説は日本の様々な地方に伝わっているが、水戸市に伝わる小豆洗いは少し変わっていて、「赤小豆磨ぎましょうか、人取って食いましょうか」と歌いながら、小豆を洗う音を立てていたという。

小豆は小豆でも、赤小豆に限定している辺りに、強いこだわりを感じさせる水戸の小豆洗いである。

なお、この水戸の小豆洗いこと赤小豆洗いの正体は、年老いて化けるようになった狐が正体であるとされている。

出典元（「茨城県の民話」借成社）

植物ネッシー――――――――つくば市

つくば市の宝篋山で野鳥を撮影した青年は、写真に液状の物体のようなものが映り込んでいることに気付いた。

翌日もう一度、宝篋山に行くと液状の物体は変化して、まるでネス湖のネッシーのような頭が飛び出しているように見えた。

更に一週間後、同じ場所に行くと、液状の物体はドロドロに溶けていて、ネッシーのような頭部も見えなくなっていた。

筆者は、その正体を粘菌の一種ではないかと推測したのだが、粘菌や植物の専門家に写真を見てもらっても、その正体は分からないとのことだった。

植物に寄生して生きる「植物ネッシー」とも呼ぶべき新生命が、宝篋山には潜んでいるのかも知れない。

出典元（「ビートたけしの超常現象Xファイル」二〇一八年十二月二十二日放送）

柳婆——鉾田市

かつて鉾田市では、樹齢千年以上の柳の木が美女や老婆の姿に化けて現れたという伝説がある。

化ける姿が美女か老婆というのは、この柳の木は女性（木や植物に性別があるのなら）であったのだろうか。

江戸時代に浮世絵師の竹原春泉斎が、この柳婆の絵を描いており、現代にも残っている。

竹原の描く柳婆は、何故か全身真っ黒の姿をしている。

出典元（「妖怪事典」毎日新聞社）

光る人——大洗町

大洗町にある磯前神社には、海上の岩の上に立っている鳥居がある。この地にかつて大国主命《オオクニヌシノミコト》（「古事記」や「日本書紀」などに登場する神）が降り立ったとも言われている。

そして驚いたことに、これはただの神話ではない可能性もあるというのだ。都市伝説研究家の早瀬康広が、この鳥居に訪れた際、鳥居をスケッチしている男性と出会った。

その男性は以前に、岩の上に立ってる全身が光り輝く人間を目撃したことがあると早瀬に伝えた。

光り輝く人の正体は、大国主命だったのかもしれない。

出典元（「都市伝説 オカンとボクと、時々、イルミナティ」Podcastラジオ 二〇一八年十月十七日配信）

コラム6　茨城妖怪スポット写真館

本書で紹介されている妖怪伝説が語られているスポットには、筆者もなるべく足を運び調査を行った。妖怪というのは、はっきりと姿が見えるものは少ない。「妖怪でも出てきそうだ」という雰囲気を感じることが重要なのだろう。

ここでは筆者が現地で撮った写真を中心に、茨城の妖怪スポットの様子をいくつか紹介しよう。どこも、妖怪の気配を感じることが出来る素晴らしい場所ばかりである。

○要石と、鹿島七不思議。

大鯰を封印している「要石」は、現在も鹿島神宮内で厳重に管理されていた。この要石の下で巨大な鯰は今も息をひそめているのだろうか？（画像1、2、3）

要石から数十メートル離れた場所には、大鯰の像もある。（画像4）

鹿島神宮に設置されていた立て札。要石は「鹿島七不思議」の筆頭に挙げられている。

その他の不思議には、大人が入っても子供が入っても水かさに変化がない池や、何度切

っても切り株から芽が生えて枯れることがない松の木などがある。（画像5）
要石のある鹿島神宮では、神鹿も飼われている。神聖な存在だが、子供たちにはごく普通の鹿と区別もつかないのだろう。休日になると、多くの子供たちが神鹿の前に集まっていた。（画像6）

○牛久沼の河童伝説
河童伝説が多く伝わる牛久沼の近くで見つけた「河童の碑」。石碑の裏には、河童伝説について詳しく書かれてもいた。（画像7）
牛久には他にも河童の像や、河童のイラストが描かれた看板などが多くあり、市民に親しまれている様子が伝わってくる。

○河童の手のミイラ
土浦市（佐野子町）の公民館で大切に保管されている、河童の手のミイラ。河童が空想上の存在ではなく、実在した証拠と言えるであろうか。この手のミイラを人々に公開した日は、かなりの高確率で雨になるとも言われている。（画像8）

佐野子町では、河童の像なども見かけた。町の人々にとっては親しい存在なのだ。その表情にも、どこか愛嬌がある。（画像9）

○宇宙から、光の柱が見えた御岩神社

宇宙飛行士のエドガー・ミッチェルが、宇宙から地球を眺めた際に巨大な光の柱のようなものが立っているのを確認した場所ではないかとも言われている御岩神社。地球最大規模のパワースポットと言っても良いこの場所には、一歩足を踏み入れた瞬間、神秘的な力を感じてしまうことだろう。山道であるが、思ったほど疲れを感じることもなかった。それは、やはりこの地が放つパワーのおかげであったのかもしれない。（画像10、11）

○光り輝く人間が目撃された磯前神社

海上の岩の上に立っている鳥居は、神秘的だ。広大な大自然が背景にあることで、神のような存在を感じやすくなるようにも思う。岩の上は、神様が降りた場所であるので、人が岩の上に登ることは禁止されている。現地に行く際はルールを守って、神秘的な場所を観察しよう。（画像12）

○ダイダラボウの像

水戸市の大串貝塚にある、巨大なダイダラボウの像。中に入ると、茨城の巨人伝説にまつわる貴重な資料も見ることが出来る。そのほか、縄文時代の人々の暮らしを紹介する展示や、人間大のサイズで作られた土偶の像なども置かれており、記念写真を撮影すると良い。像の近くには、ダイダラボウの足跡を模した池もあり、巨人の存在感が伝わることだろう。（画像13、14、15、16、17）

○牛久大仏

一九九二年に完成した牛久大仏は、近年の建造物でありながら、早くも多くの都市伝説などを生んでいる。その理由は、やはり全高百二十メートルという途方もない巨大さによるものであろう。隕石やミサイルなどが迫った時には、この牛久大仏が動き出して日本を救うといった話が主に若者たちの間で広がっている。（画像18）

○茨城県のジュラシックパーク

深夜になると動き出すという都市伝説もある水戸市森林公園の恐竜たち。恐竜は幅広い世代に人気があるので子供の付き添いで来た大人たちの表情もどこか楽しそうだ。公園の遊具なので自由に登って遊べるのが魅力だ。(画像19、20)

水戸市森林公園でしか見れない怪獣イボゴン。サイズは小学生の子供くらいで、怖さよりも愛嬌が強い怪獣である。(画像21)

○天狗の山

笠間市にある愛宕山は、天狗の住む山と言われている。なお、愛宕山という名前の山は日本各地に存在している。茨城県内でも、大子町に愛宕山がある。天狗を捜索する際は、間違わないように気を付けよう。(画像22)

飯綱神社に現れた十三天狗。「仙境異聞」という書物によると、元々は五天狗であったらしい。その後、十二天狗になり、最終的には十三人の天狗が集うこととなった。(画像23)

こんなに愛らしいからす天狗の像も作られている。近隣の人々から天狗が親しまれていることがよく分かる。愛宕山には「あたご天狗の森公園」や「あたご天狗の森スカイロッジ」といった市営の施設もいくつかある。(画像24)

画像1

画像2

要石
神世の昔 香島の大神が座と
された万葉集にいう石の御座とも
或は古代における大神奉斎の
座位として磐座とも伝えられる
重石である
この石 地を擦るに従って大きさ
を加え その極まる所しらずという
水戸黄門仁徳録に 七日七夜
掘っても掘っても掘り切れずと書
かれ 地震押えの伝説と相俟って
著名である
信仰上からは 伊勢の神宮の本殿
床下の心の御柱的存在である
画像3

画像4

鹿島七不思議
石 その根底ふかくて図り知れずという
手洗 池の深さ大人 小人によらず乳を過ぎずという
川 川の水 流れ行くほど遠々かれて行末知らず
の花 御山の藤の花の多少によりその年の豊凶を予知すること
の音 浪の響が上(北)の方に聞えれば日和 下(南)に響けば雨降るという
の松 すべて御山の内の松幾度伐れども伐り跡に芽出て枯れることなし
の箸 鹿島の松で作る箸は松脂の出たことなしという
画像5

画像6

画像7

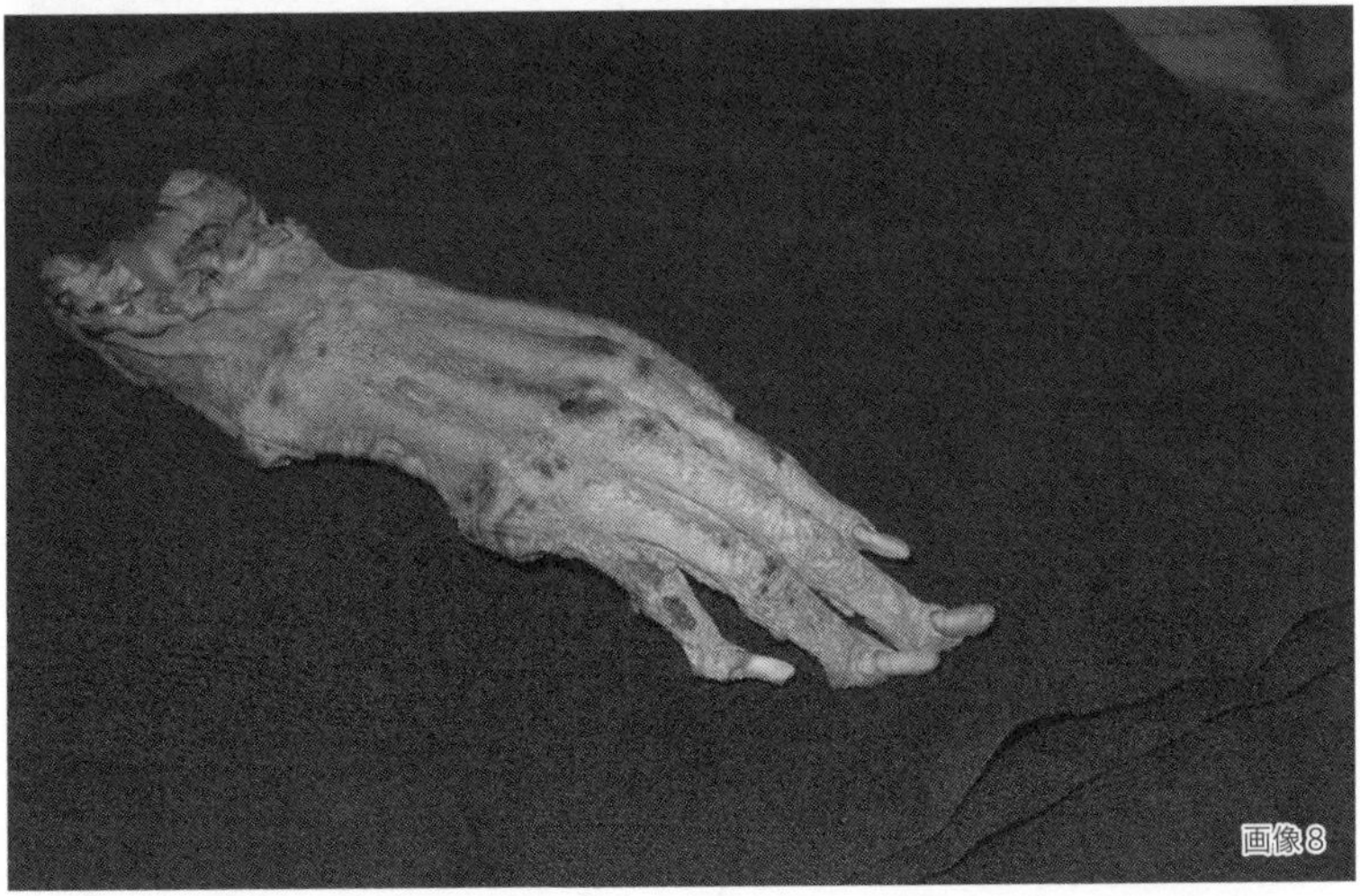

画像8

画像9

画像10

画像11

危険
神磯付近の岩場で、
落下事故多発！
岩に
ください!!
茨城県・大洗町
神が降り立ったと言われる
神聖な場所です
岩に登らないでください
画像12

画像13

画像14

茨城県に残る
ダイダラボウの伝説
大串貝塚
山
水
足跡
地名など
デーダラボウ
ダイダラボッチ
デーダラボウ
デーダラボウ
ダイダッボウ
ダイダラボッチ
ダイダラボッチ
デーナカボウ
ダンデエさん
大田魔神

画像15

足跡池
ダイダラボウのあしあと
ダイダラボウのあしのおおきさ
ながさ　73メートル
はば　36メートル
「ひたちのくにふどき」より

画像16

池転落注意

画像17

画像18

画像20

画像19

画像21

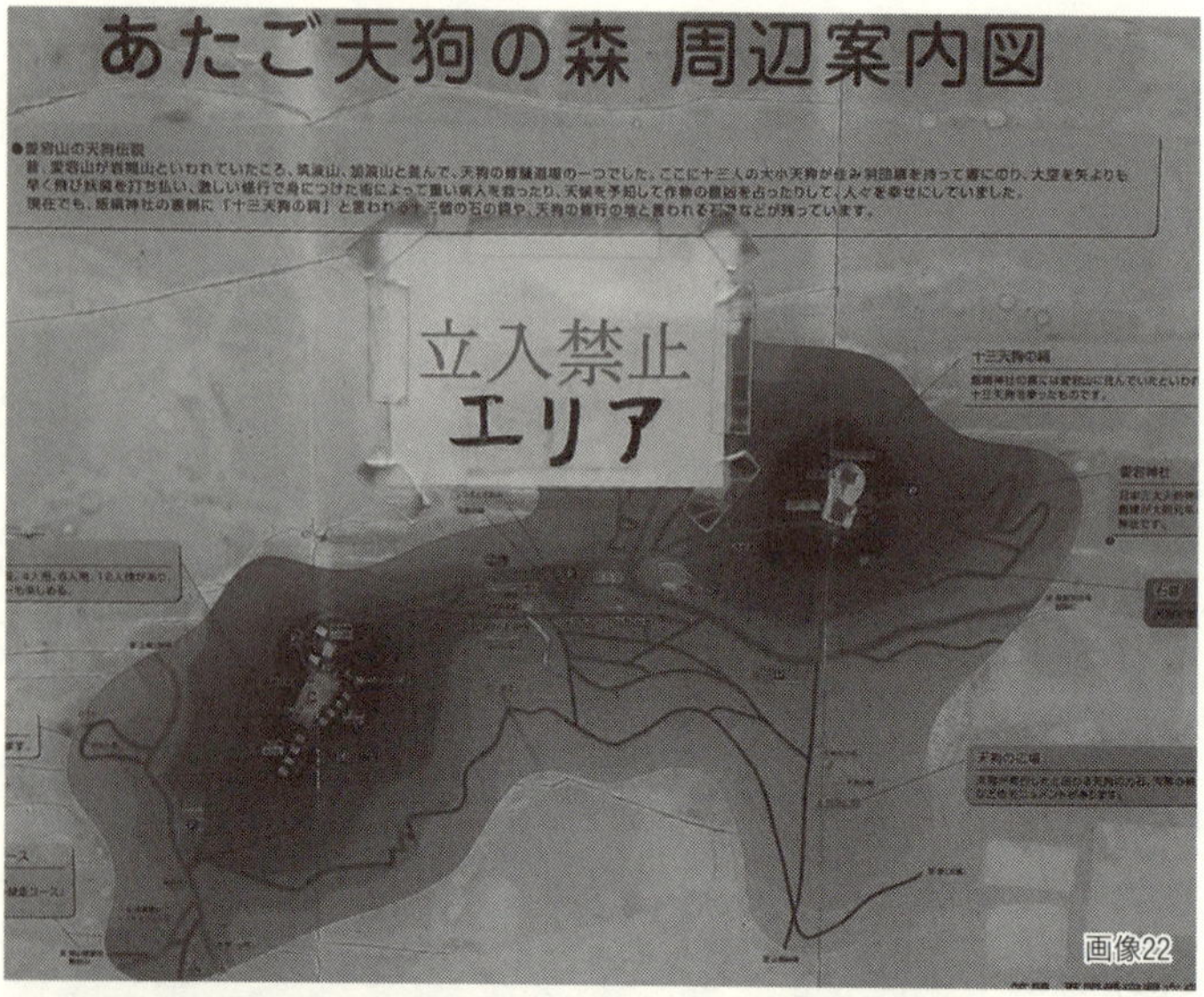

画像22

画像23

画像24

後書き

筆者は現在、東京の調布で暮らしています（上京した私が、この町を選んだのは当時まだご存命だった水木しげる先生が暮らす町だったからでした）。昨年の秋頃からは本書の取材のために、茨城へ出かける機会も多かったのですが、調布の町中に設置されている鬼太郎や妖怪たちの像に「これから茨城で、皆さんのお仲間を探してきます」と一声かけてから出発するのが、気が付くと習慣となっていました。

本書の取材中は何度か旅館も利用しましたが、基本的には実家に泊まっていました。実家の庭には、氏神様を祀った神社やお地蔵さまなどがあるのですが、私が物心付いた時から、妖怪に親しみを感じていたのは、鳥居や狛犬といった不思議な世界を感じさせてくれるものがずっと身近にあったからなのかもしれません。小学生になると、昼は神社の前で走り回って遊び、夜は家で妖怪図鑑を読むようになりました。その経験は本書の内容にもきっと活かされたはずです。

水木しげる先生の妖怪図鑑を愛読書としてきた私が思うに、妖怪図鑑の主役は魅力的な妖怪画でもあります。本書は古くから伝わる妖怪画の他に、ｓｅｌさん、萩尾浩幸さん、増田よしはるさん、本田静丸さんといった四人の絵師さんにご参加いただき、茨城の妖怪たちの姿を新たに絵にしていただきました。それぞれ強い個性を持つ絵師さんたちのおかげで、茨城の妖怪の多様さが誰の目にも伝わることになったと感じます。また、山口敏太郎先生には監修というかたちで参加していただくことも出来ました。本書に収録されている「コラム２　新たな妖怪観を提示せよ‼」でも書きましたが、私の妖怪観にも大きな影響を与えてくれた方です。皆さまのおかげで、本書は妖怪ファンの私にとっても満足いく一冊となりました。妖怪好きな読者の皆さまにも満足していただけたら、至上の喜びです。

中沢健（なかざわ・たけし）
作家・脚本家・UMA研究家。2009年に恋愛小説「初恋芸人」（小学館）で作家デビュー。同作は2016年にＮＨＫ　ＢＳプレミアムで連続ドラマ化もされる。その他の著作に「キモイマン」（小学館）、「平成特撮世代」（洋泉社）などがある。脚本家としては円谷プロの特撮番組「ウルトラゾーン」、インドネシアの特撮ヒーロー番組「ガルーダの戦士ビマ」、アニメ映画「燃える仏像人間」などの作品を手掛けている。UMA研究家として、CSファミリー劇場「緊急検証！」シリーズに準レギュラーとして出演中。その他にも、「ビートたけしの超常現象（秘）Xファイル」（テレビ朝日）、「おじゃMAP!!」（フジテレビ）「大槻ケンヂのオールナイトニッポンPremium」（ニッポン放送）など多くのテレビ、ラジオ番組に出演している。

イラスト　萩尾浩幸・増田よしはる・sel・本田静丸

茨城の妖怪図鑑

2019年7月1日　第1刷発行

著　者　**中沢 健**
監　修　**山口敏太郎**
発行者　**本田武市**
発行所　ＴＯブックス
〒150-0045 東京都渋谷区神泉町 18-8　松濤ハイツ 2F
電話 03-6452-5766（編集）
0120-933-772（営業フリーダイヤル）
ＦＡＸ 050-3156-0508

ホームページ　http://www.tobooks.jp
メール　info@tobooks.jp

印刷・製本　**中央精版印刷株式会社**

ISBN 978-4-86472-821-8
Printed in Japan